KB220788

크리스마스 선물

크리스마스 선물

혜윰 시집

책이있는마을

차례

펼침

창을 여니 찬비가 내리고 있었습니다. 다시 겨울이 돌아오는구나, 옷장 속 깊숙이 넣어두었던 외투를 꺼냈습니다. 두툼한 스웨터도 꺼내서 이리저리 살펴봅니다. 현관에 있던 로퍼와 샌들을 치우고 겨울 구두와 운동화를 꺼내 둡니다.

이렇게 하면 따뜻할까요? 올겨울도 안락하게 보낼 수 있을까요? 이제 곧 눈이 내리고 찬바람이 불면 모두들 난로에 의지하며 매일을 보내야겠지요. 그러다가 문득 서러워질지도 모르겠습니다. 가슴까지 쏴아아 하니 한기가 몰려들 때면, 우리는 갑자기 잊고 있었던 누군가를 그리워할지도 모르겠습니다.

두툼한 스웨터보다 외투보다 누군가의 손길이, 누군가의 입김이 우리를 더 따뜻하게 해줄 겁니다. 그런 사람들과 함께 겨울을 보내야지요. 그렇지 못하면 우리는 난롯가에 앉아서 텔레비전으로 연애를 구경하고 결혼을 구경하고 아이들 키우는 모습을 구경하면서 겨울을 보내야 할 수도 있을 겁니다. 내가 사랑하지 않으면 다른 사람들의 사랑을 구경할 수밖에요. 그런데, 그렇게 되면 올겨울이 너무 추울 것 같아요.

그렇게 추운 겨울을 위해서, 겨울 같은 우리네 삶을 위해서 사랑하는 사람들이 모여 작은 책 하나를 엮었습니다. 혹은 소설가이기도 하고, 혹은 시인이기도 하고, 혹은 사진을 찍는 사람이기도 한 우리들이 이렇게 한자리에 모여서 책을 엮은 이유는 읽을거리를 만들려던 것은 아닙니다.

우리는 함께 생각하고 함께 외로워하고 함께 위안받기를 원했습니다. 그래서 서로를 위로하며 이 책을 엮었습니다. 이 책을 펼치는 모든 이웃들이 겨울을, 겨울 같은 우리네 삶을 우리처럼 사랑으로 모여서 서로를 따뜻하게 덥혀주기를 희망하면서...

2015. 겨울비. 혜윰

주름진 때의

기억도 슬픈 현실도

아릿한 그리움도

구부러진 길이만큼 담겨진

글·사진 정화령

조
정
업

시인하고 한잔

시보다 시인이 좋다
깨끗한 지면 위의 시보다
미친년 머리 풀어헤친
시인의 입담이 좋다
한잔 걸친 시인은 노래한다
그렇게 시가 다가온다
시인은 써 갈긴 시보다 더 시같이 산다

갑사 가는 길에

나 왔다고 차마 불쑥 나설 수가 없어서
산모퉁이 돌아 쌀개봉 넘어 하늘 문을 지나갔다
그냥 가기 머쓱해서 산언저리 무너진 돌탑 옆 좌판에서
한잔하고 가라 내미는 산골 아낙 꺼슬한 손에 막걸리
덥석 받아 벌컥벌컥 두 대접을 마셨다
금잔디고개 올라서니 산은 가을 단풍에 붉은 얼굴하고
나는 낮술에 물들어 붉은 얼굴을 하고
가을 가뭄 눈물 마른 폭포를 지나 너들길 털레털레 걸어
내려갔다
남매탑 전설을 돌아 내려가며 혼잣말을 중얼거렸다
지순한 사랑 따윈 전설 속 그 호랑이에게나 던져줘 버려
제각기 떨어져 탑으로 우뚝 솟기보다는
나는 저 산 아래 쌓았다 무너지는 돌무더기와 함께 뒹굴란다
꺾은듯한 내리막길 산허리 타고 도니 저 아래 갑사,
사천왕문 들어서 나를 앞질러간 바람에 풍경이 울 때
나도 그만 참았던 울음이 툭 터졌다

15

첫눈

첫눈은 그들에게 주라
세상의 징검다리 끝까지 뚜벅뚜벅 걸은 자들에게
빛날 것 없는 자전거를 타고 논둑길 오가다
빈손으로 목침 베고 반드시 누운 이들에게
깨끗한 수의 한 벌로 주라

첫눈은 그들에게 주라
땅에도 공중에도 아득히 집들인데
세 식구 시린 등짝 하나 붙일 곳이 없으랴만
없어, 진짜로 없어 지하 반지하
볕 드는 쪽창 하나가 소원인 이들에게
주라, 햇살 환한 아침 창으로 주라

첫눈은 그들에게 주라
두 손으로 감쌀 것은 자기 얼굴밖에 없는 비통한 자들에게
버림받은 주검을 안고,
자기 피와 살을 말려 진실을 외치는 자들의 마른 어깨 위에
벗어서 건네는 미안한 외투처럼 주라

모든 울음의 시작과 끝,
너무 커서 듣지 못한 거대한 무너짐으로
더 이상 낮아질 데가 없는 초겨울 들녘에 내리는 눈발이여
밑동이 잘리고 볏짚까지 쓸어가 버린 들판에
따스한 이불처럼 쌓이는 저 눈만은
그대로 두라, 천천히 스며들게 그대로 두라

서
순
애

직지사 고양이

물고기를 먹지 않아도
나는
이제 그립지 않아
통증으로 시달리던
날들은 사라졌어
뒤바뀐 일상의
꽃내음이 나의 놀이터

수국과 안녕이라는
인사를 나누는데
안녕이라 말하는
또 다른 안녕 인사를 받아
그녀에게 물어봐
그곳에
내 꼬리는 잘 자라고 있는지

아기 같은 내 언어는
그녀의
웃음 사이로 비껴만 가고 있어

코스모스

박광진

우주는 주댕이가 없지만
코스모스는 무지개 어린 우주를 꿈꾼다

우주에는 수많은 별이 있다
반짝거려야 하는 속성
그 빛남을 유지하기 위해 그곳에서 끊임없이 자신을 태운다
마지막 남은 심지마저도 기꺼이 태운다
깊은 홀이 아득할지라도
오늘은 오늘
내일은 없다

소소한 바람에도
무얼 그리 버둥질하는지

잠잠 하라
잠잠하지 못할 거면
차라리 스스로 쾌락의 홀에 몸을 던져라
그러면 파란 기억 속에 꽃잎의 잔상이라도 남으리

정화령

옥수수

왁자지껄 시끌벅적 넌 어디서 왔니
이쁜 이빨 드러내며 저마다 뽐내는 녀석
어서 커서 어른 되면 초록 수염 달아야지
하모니카 불어볼까, 색색 옷을 입어볼까
세상구경 나갈 일에 저마다 안달 났다
막걸리 한 사발 들이키러 간 일농 아빠는 깜깜무소식

아, 막걸리는 되지 말아야지

편의점에서

이
미
경

밤은 낮보다 길었다
문이 열리면 환한 빛을 찾아
손님보다 빠르게 들어오는 날파리
날파리 뒤로 술에 취해 일에 젖어
커피 캔 하나 들고 휘적거리는 사람들
신문을 배달하고 쓰레기를 치우고
헉헉 숨소리 내쉬고 달음박질치면서
김밥, 빵, 우유로 아침을 때우며 그렇게
시간은 덧대고 덧대어져 세상을 만들고 있었다

신
영
란

봄

꽃은 가면이다
향기는 가식이다
언 땅,
마른 가지에 맺힌 피딱지

봄은 쓰다, 독毒도 품었다
아픈 봄의 까닭이다
가버려라 쫓아도
부메랑이 되겠지만

권선옥

님

온갖 꽃잎 묻힌 채
바람 타고
님이 오셨지

지난밤
바람은 꽃길 만들고
개나리는 더 말쑥한 새침데기 되어
종종걸음 바쁜 나 붙잡았지만

길 잃을까
님이 만든 꽃길 따라
바람이 불었다

흥에 겨워 깜빡
눈 감았다 뜨니
하늘에 핀 벚꽃을
달이 덮고 누웠구나

산복도로

고정희

두 사람이 나란히 걷지도 못하는 좁은 골목을 두고
집들이 다닥다닥 붙어있는 수정동 산복도로
한 지붕 아래 몇 세대가 사는지 모르는 집들이
어깨를 맞대고
네 것 내 것 갈라놓을 울타리도 없이
산이라는 담벼락과 바다라는 앞마당을
공평하게 쓰고 산다
해돋이를 가장 빨리 보고 노을을 가장 오래 보는 곳
낮에는 마당이 되고 밤에는 주차장이 되는 지붕
그래서 차를 머리에 이고 자는 사람들
평생을 일궈도 얻지 못할 재산을 덤으로 누리는 사람들이
가파를수록 더 큰 달과 올라갈수록 더 너른 바다를
마당 가득 들여놓고 산다

김
민
숙

너를 향해

등대 아래 검은 바다
엉켜 드는 어둠 속에서
아까운 너의 20대 30대 40대가
빛을 받아 떠다닌다

너를 안고 하고픈 이야기가 너무 많아
세월이 달고 다닌 바람의 지우개도
너에 대한 기억은 결코 지워내지 못할 것이다

아가 이제
더 넓은 바다로 가자
네가 꿈꾸던 미래로 가자
너의 넋을 태우고 바다로 가자
태풍이 휘돌아 잡아당기어도
더 거친 풍랑을 맞이하러 가자
너와 마주하는 날을 기대하며
닻을 올리고 바다로 가자

젖었던 섬들도 아침 햇살에 빛을 내며
우리의 항해를 축복한다

구첩반상

손승휘

어깨를 빌려주고 싶은 날
어깨 대신 막걸리를 한 병 샀다
오늘 또 몇 줄이라도 써야지 싶어서
구첩반상 도시락 하나와
싸구려 커피 한 통을 샀다
무릎을 빌려주고 싶은 날
무릎에 누운 너에게 노래를
들려주고 싶은 날
담배 두 갑과 껌 한 통을 샀다
슬리퍼 끈이 끊어져서
슬슬 끌고 걷다가 울컥
병신처럼 울컥
억울해하지 마라
칠첩반상보다 이백 원 더 주었을 뿐인데

방황이란

늘 심장에 머문다

사라지고 닳아지는 건

아닌 건가

글·사진 정화령

박
광
진

玄家密談

寒天繡冬栢
斜陽玄家退
既相知心通
醉情三詩客

현가네 밀담

시린 하늘에 수놓은 동백꽃
햇볕이 길게 드리운 현가네 툇마루
이미 서로 마음 알고 통하는
정에 취한 세 시객 있네

통도사 홍매화

정재숙

봄이 그리워 몸살이 났나 봅니다
아름다운 것도 더러 서럽습니다
계절에 어울리지 않는 것들은 처량합니다
사람도 계절도
앞서 걷는 길은 혹독합니다

홍매

이 사람아, 홍매는
나뭇가지에 피는 꽃이 아니야

능소화 따 먹고 눈 멀은
여인네의 눈물이
은하수 찬물 속을 흐르다 흐르다

청사초롱 아직 밝은 님의 창가에
붉은 눈송이로 하염없이 나리는데

더듬더듬 내리는 언 눈물을
보다 못한 매화나무가 두 손으로 받아 안은
그 꽃이 홍매라네

바람 속에서

호랑이 울음 같은 바람이 분다
비 온 후 바람이야 당연한 일이지만
오늘 바람은 아주 멀리서 달려온 듯이 숨이 차다
언젠가 너를 만났던 푸른 바다에선 하얀 빙수 같던
포말이 부서지고 예쁜 여우웃음 같던 바람이
불었었는데 그 바다를 잊지 못하는 내 마음을 빌어
바다 없는 이곳에 호랑이 울음 같은 바람이 분다
변한 것은 나일까 바람일까

서
순
애

밤나무 밭에서

당신 두 분은 비늘처럼
반짝거리는 강물을 바라보시며
사이좋게 햇볕을 쬐고 계시고
나는 은사시나무가 후루루 바람 불며
당신 머릿결에 떨구고 간
어린 은사시나무를 뽑으며
네가 살 곳은 여기가 아니야 중얼거렸지
땀을 훔치고 강을 내려다보니 밤나무가 보였어
떨어진 밤 한 알 두 알 양손 가득 쥐고 뿌듯했어
밤 줍는 동안 아이들 어릴 때 한가로이
밤 까주던 행복한 내가 보였고
어린 시절 남의 밤나무 아래에서
밤 줍다 가시에 찔려 울고 있는
밤톨만 한 계집아이도 보였어
생밤 맛은 어릴 때 먹었던
뜨물 같은 하양이 솟아나는
딱 그 밤 맛이었어

시맹

못 보는 건 못 보는 거다
나는 눈을 감는다

모르는 건 모르는 거다
나는 침묵한다

흉내 내지 마라 흉하다

정화령

눈물

안 울면 심장이 고장 나요
이 녀석 제법 물에 약해서
담가 놓으면 녹이 슬지 몰라
햇살 좋을 때 내놓아야 해요
이쁜 날 하루 잡아
햇볕에 바짝 말려보아요
그래야 심장도 살아요

김
민
숙

화석

너무 오랜 시간
잊었다가
떠올랐다가
그때마다 한숨씩 재웠다

오롯이 혼자
기억해야 할 시간
흘러가는 세월을 불러다가
차디찬 돌 속에 챙겨 넣었다

널 사랑하고 있는 것인지는 모르겠다
돌이 되어 버렸으므로

지리산에서

권선옥

그대 떠나고
무엇도 그대 대신할 수 없다 했지만
가시 옷 슬쩍 벗은 밤톨
나무커튼 열어젖힌 가을 하늘
이어폰 틈새 비집고 지껄여대는
계곡의 노랫가락이 새삼 웃겼다

그대 떠나고
무엇도 그대 대신할 수 없다 했지만
내게 남은 눈물 잡고 버티겠다
사랑도 어차피 나 위해 시작했으니
이별 또한 나 위한 것
울고 싶으면 좀 더 울고
아프고 싶으면 좀 더 아파하자

눈물 밴 나뭇잎 털고 몸뚱이만 남은 나무
보란 듯 겨울 버티듯
그대 떠나도 나는
다시 나를 사랑하게 될 것이다

어차피 사랑은 나를 위한 것이므로

곶감

가지 끝에 매달렸던 가을이
집 안으로 들어왔다
태양의 화상을 도려내고
바람의 흉터도 얇게 벗고
비집고 걸어오는 겨울바람을
창문에 턱을 건 채 지키고 있다
찬바람을 맞아야만 속살이 뭉개지는
알몸으로 견뎌야 하는 시간들
야위어 가는 가을은
들판이 그립고
황토색 맨 얼굴 위로
겨울의 시작이 골을 지어 앉는다

외로워지는 방법

손승휘

연애를 구경하고 결혼을 구경하고
잘난 인간들이 애 키우는 모습을 구경하는
이 시절에 외로워지는 유일한 방법은
사랑을 하는 것뿐이다

가슴 설레고 아랫도리 뻐근해지는
사랑을 하자
사랑이 아무리 해 뜨면 사라져버릴
풀잎 끝에 매달린 이슬 같은 거라고 해도
외로워지는 방법이 사랑뿐이라면
때로는 가슴이 아프고 때로는 애간장 타는
사랑을 하자

이렇게 구경거리만 많은 세상에
이렇게 잘난 것들이 다하는 시절에
우리 같은 것들 언제, 외로워지기나 해보겠느냐
외로워지기 위해서 너와 나는
사랑을 하자

박
광
진

장어 먹기

불끈한 굵은 놈
숯불 위에 눕히다

상추 미나리에
생강 채 마늘 조각 얹고
구운 장어 올려서
한 쌈 만들어
감각의 손끝으로 한 입 넣어주다

눈을 흘기며 건배
끈적한 뻘건 복분자주 마시다

불끈한, 미끈한 놈 드러누울 차례

매발톱

자리 잡은 지 얼마나 되었을까
문득 눈에 뜨인 그 날을 기억한다
그리움을 품은 듯한 네 모습
다시 왔을 때 알 수 있었다
친구 데리고 같이 온 매발톱
피었던 날을 그리워하지 않는
쓸쓸하지 않은 내일을 가꾸는
네 모습이 아름답다는 걸

받쳐든 우산은 금세

내려앉을 것마냥 요란히 울린다

아프구나 너도

글·사진 정화령

정재숙

짱돌

그냥 돌이 아니라 짱돌이다
자갈도 아니고 큰 돌이다
어릴 적 골목대장 기세에 분한 꼴 당한 때
말 한마디 못하고
힘으로도 부칠 때
설움 깨어 물며 길섶에서 집어 들던
분노의 돌멩이다
인류 최초의 투석 무기다
눌리는 돌이 아닌 누름돌이다
내 어머니 장독대 항아리 속
장아찌 김치 꾹꾹 눌러
깊이 삭혀 온전히 숙성시키던
둥둥 떠다니는 세상 지그시 눌러
썩지 않게 끝내 발효시키고야 마는
부패를 막는 짠물 밴 돌덩이다
굴러온 돌이 아닌 박힌 돌이다
한결같이 제 자리를 지키는
둥글둥글 모나지 않은
반짝반짝 윤이 나는 단단한 돌
당신이다

구절초

선종구

태초에 있었다는 말씀이라는 것조차
꽃 한 송이 피우기에도 버거웠을 것이다

사랑한다, 사랑한다 그 한 마디 가슴에 두고
평생 공전을 거듭하는 생이 있어
새벽 별빛은 저리 시리다

밤 따라 꿈길도 짧아
강물 뒤채는 소리

청호반새,
청호반새 소리

서
순
애

향촌동의 하루

알라딘에서 삼천이백 원짜리
시집 한 권을 사고
옛날 국숫집 이천 원짜리 국수를 먹으며
맥도날드 천 원짜리 아메리카노를 마신다
구제 옷을 입고 신세계에서
구제 구두가 춤을 춘다
그래도 집으로 돌아가야 하는 시간은 멀다
대보 슈퍼 목욕탕 의자에 앉아
막걸리와 새우깡 한 봉지로
젊음이 둥둥 떠다닌다
늙은 침은 여전히 외롭고 가난하다

인생은 짧다

조정업

어린 시절
친구와 우정
첫사랑 두 번째 사랑
인생의 쓴맛 단맛
예쁜 아내 예쁜 자식
부모님 얼굴
거울 앞의 노인
그리고 삶과의 이별
인생은 짧다

박
광
진

동대문시장

잠이 오려는 자여
온몸에 힘이 빠져가는 자여
무의미한 삶의 끈을 겨우 잡고 있는 자여
죽어가는 자여

동태의 눈도 눈빛이 살아나고
절뚝거리는 걸음으로도 뛰어야 하고
굽은 허리로도 큰 가방 메고 지나가야 하는 곳

이곳은 수십 척의 배가 이루는 어장
찢어질 듯한 그물에 올라오는 고기떼
그 펄떡거림

밤을 잊은 어장

개나리 피면

정
화
령

개나리 피면
예쁜 꽃길 가자 했었다

씌워진 가발
가슴의 상처마냥 벗어던지고
바람에 머리카락 날리며
행복한 미소 지어보자고

개나리 피고
머리카락도 자랐건만
손잡아 줄
넌 어디에 있는지
무심히 자란 머리카락만
바람에 흔들린다

개나리야
좀
더디 피면 안 되겠니

김
민
숙

새와 거북

새는
거북의 바다속 세계를
다 이해하지 못했고

거북은
새가 자유로운 영혼이라는 걸
아주 늦게서야 알았다

거북은
새가 떠난 기다림으로   바닷물 수위는 높아간다

떠돌다가 떠돌다가
바람이 가지를 흔드는 찰라 만큼이라도
보고프면 찾아 주오
햇살에 내어놓은 등이 갈라지는
쉼터로 기다릴 테니

화장

권선옥

긴 터널 걸어 봤니?
그림자만 사는 곳 말야
그 터널 끝자락에서 오늘
나를 만났어

두려워 만나고 싶지 않았던 나지만
눈물로 뿌리내린 기미가 훈장처럼 빛나도
씨 하나 품지 못할 것 같은 마른 피부도
오늘은 예쁘다

엉킨 머리 빗질하여 두려움 쓸고
먼지 털어 신은 구두 속에 자신감도 슬쩍 끼워
척박한 땅 매발톱꽃으로 다시 피어나려 해
인생은 원래 그런 거니까

자 이제
또각또각 세상으로 나가 볼까?

고
정
희

밤차

그대 앞에 다시 설 용기가 없어
가던 걸음 접고 돌아오는 길
기차는 어둠을 두 조각으로 가르며
키 큰 억새풀 헤치듯 앞으로만 달리고
떠올려선 안 되는 네 얼굴처럼
다가왔다간 재빨리 달아나 버리는 가로등 위로
끊어질 듯 가느다란 초승달이 날을 세워
질긴 추억을 잘라내고 있다

희망

신영란

회미해져 가는 기억들
가슴 속에 숨어들면서 익어간다
걸쭉하게 숙성된 고추장처럼

언제였을까
굳이 기억나지 않아도 좋다
긴 터널 끝 먼 빛,
느껴지는 바람이면 되었다

지금 난
더 익어 곰삭힌 내일을
꿈꾸니까

손승휘   순대 한 봉지

새벽길 차 바퀴 사이로 바쁘게
달려가는 얼룩 고양이 한 마리
창틀에서 창틀로 쏜살같이
달아나는 바퀴벌레 한 마리
술 취해서 갈지자로 걷다가
빵집 앞에 팔 베고 누운 당신

그래요 알고 있습니다
당신들도 살려고 그러죠
나도 살려고 가끔 그래요

셔터 내려진 금은방 앞
펼쳐놓은 오뎅 좌판에서
오뎅 두 개 먹고 순대
한 봉지 꿰어차고 돌아서는데
여기저기 부스럭부스럭
쓰레기통에서 폐지를 골라내는
우리 동네 노인네들

알아요 살려고 그러는 거잖아요
나도 살려고 이래요
순대에 소주라도 한잔 할까요
빗방울 거세지기 전에

내 심장엔 불씨가 있어

바람만 불어도 되살아나

글 · 사진 정화령

정재숙   염부

내리쬐는 8월의 햇볕을 받으며
하얀 꽃이 필 때를 기다렸다
푸른 바다와 하늘을 담은 결정지에서
해를 업고 서 있는 굽은 등 뒤로
마침내 하얗게 꽃이 피어나고
상처가 꽃으로 핀 치유의 흔적,
좋은 소금은 사람도 살린다며
슬레이트 지붕 나무 벽 허름한 창고 안에서
오래도록 집 떠날 준비를 하는
무거운 대파질 거친 살갗의 염부

낙화유수 落花流水

봄날은 짧아라
떠 흐르는 꽃잎이여!

그대 흘러
사는 곳은 꽃섬이겠네

해마다 놓치는
저 나룻배

꿈 밖에 사는 이는
오르지 못한다네

숙자

이름이 뭐예요? 물으면 노숙자가 생각난다며
이름 말하기 싫어하는 숙자
힘이 장사여서 무거운 것도 잘 드는 숙자
심기가 불편하면 니기미 씨부럴 욕도 잘하면서
씨발년 소리를 들으면 돌아버린다는 숙자
혼자 있고 어두운 것을 싫어하는, 그녀가 놀라면
손을 따는데 희한하게, 손톱 위에 물집이 생기는 숙자
중학교 일 학년 때 수학을 못 하던 숙자에게
수학 선생님은 열정이 넘쳐 그녀를 가리키려
숙제를 내주고 했지만, 그것이 싫어 선생님이 들어간
화장실 문을 잠가 똥통에 빠트려 도망을 치고, 다시는
학교로 돌아가지 않았다는 숙자, 손님이 테이블을
바꿔 앉을라치면 아 거기 앉아요 컴퓨터
포스 테이블 바꾸는 게 겁나서
눌러 앉히는 숙자, 태어나 자라온 곳은 경기도지만
말투가 전라도인 숙자
누군가 밤일에 관해서 얘기하면 부끄러워
얼굴이 붉어지며 헛기침을 하면 사모님은
섹스 안 하고 사요. 거침없이 말하는 숙자 기분 나쁘면
며칠이고 출근 안 해서 숙자처럼 돌아버리게 하는 숙자

남편과 싸운 후 남편에게 헤어지자고 했다가 그러자며
이혼 서류를 내미니 무릎을 꿇고 밤새 빌었다는 숙자
문득 숙자가 보고 싶은 가을이다

주말 남편

이제는 당신 없는 곳이 편합니다
혼자 밥도 잘 먹고 잠도 잘 잡니다
이렇게 편안해지는 것이
혼자인 것에 익숙해지는 것이
두려워집니다
당신도 그럴까요
낯설어가는 침대의 의무감에서 벗어나
돌아오는 길엔 쾌재를 부릅니다
무서워집니다
KTX 열차 두 시간 반의 거리가
당신과 나 사이의 좁혀지지 않는 거리가 될까 봐
종점을 향해 달려가는 열차가 될까 봐

점선

나도 모르게 하루에도 수백 개의 섬을 간다

내가 머물다가 간 섬들에 누군가가 복제해 놓은 내가
남아 있다
메모리 카드 속에 잡아 놓았다
거기에는 내가 인식하는 나보다 더 명확한 내가 새겨져
있다

섬을 모으면 점선
나를 발가벗긴 생생한 다큐멘터리
일거수일투족―擧手―投足을 빅 브라더가 보고 있다
집 문 창호지에 여러 개의 구멍이 뚫린 지 오래다

하늘에도 섬이 있을까
태양 아래 새의 비행이 여유롭다

정화령

사랑에 미치다

미친 바람이 분다
찢어질 듯 끊어지지 않는 선율은
쉴 새 없이 비를 쏟아내고
무수히 쏟아지는 불꽃은
가슴을 향해 끝없이 내달리고 있다
세상조차 보이지 않는 어둠 속에서
나는
서서히 미쳐가고 있다

욕심

권선옥

사랑한다고 쉽게 말하지 않기
꽃길 따라 걷는 것도 좋지만
밤길 가로등 우직함이
사랑한다 말보다 먼저이길

보고 싶다고 쉽게 말하지 않기
마음보다 느린 발걸음
좁은 길목에서 마주치는 우연이
보고 싶다 말보다 먼저이길

그립다 쉽게 말하지 않기
흘려버려도 여전히 쏟아져 내리는
그리움 담을 수 없다면
온몸으로 받쳤다가
온몸으로 안아주길

그 사이사이
사랑한다 보고 싶다 그립다
말해주길

복숭아

고
정
희

좀처럼 손이 가지 않는 과일이 있다
탱탱한 분홍빛 껍질 속에 말랑한
속살의 단물이 뚝뚝 떨어지는 복숭아
어릴 적 한 여름날, 싱그러운 향내와
입안에서 부드럽게 녹는 그 맛이 좋아
한 입 덥석 베어 물었다가, 반쯤 잘려진
벌레를 보고 기겁하여 뱉은 후로 나에게
복숭아는 믿을 수 없는 과일이 되었다
복숭아 같은 사람도 있다는 걸 안 것은
한참 뒤 어른이 되고 나서였다

손톱 달

신영란

무심히 올려다본 하늘
앙증스레 떠 있는
손톱 달
별들은 도심 불빛 속으로
숨어들어도
가냘픈 빛을 뿜어내는

저거 모야?

만하던 우리 아기
첫 말문 트면서 좋아하던
손톱 달

힘에 부친 퇴근길
힘내라고 친구해 주는
미소가 다정한

손
승
휘

강물처럼

해가 지고 나면 누군가 울었다
서럽지도 억울하지도 않은 흐느낌
그런 밤에는 초라한 불빛들 사이로
내다 걸은 빨래들이 펄럭였다
마침내 어둠이 더 짙어가면
가끔씩 커피분쇄기가 돌아가고
백 명의 아버지들이 백 켤레의 구두를 신고
골목으로 몰려들었다
누구는 쓰러지고 누구는 여전히 살아남아서
날마다 미안해야만 하는 시간이었으니
지난밤의 이야기를 함부로 말해서는 안 되겠지만
장담컨대 사랑은 어디에나 있었다
바람에 떠도는 비닐봉지 같은 사랑
자물쇠 속에서 부러져버린 열쇠 같은 사랑
그 밤을 나는 강물처럼 흘러갔다

가끔씩 골목 깊은 곳에서
고양이의 짝짓는 소리가 들렸다
창틀에 얹어진 싸구려 화분에서 나는 향기
사랑 이야기가 유행가처럼 흘러나오는 라디오

꿈을 꾸고 싶어서 꾸는 사람은 없다
어느 날 하릴없이 찾아들어서
팬티에 얼룩을 만들고 사라져 가는 법이다
보석처럼 빛나는, 빛나는 편의점 앞에
소주잔과 빈 병을 남겨놓고 떠난
그 남자를 찾아 나선 늙은 할머니는
스물네 시간 햄버거집 앞을 서성거린다
진저리나게 오래된 너저분한 사랑
땅에 묻어도 썩지 않을 사랑
아스팔트 위로 끝없이 부어지는
구린내 나는 우리들의 마지막 사랑
그 거리를 나는 강물처럼 흘러갔다

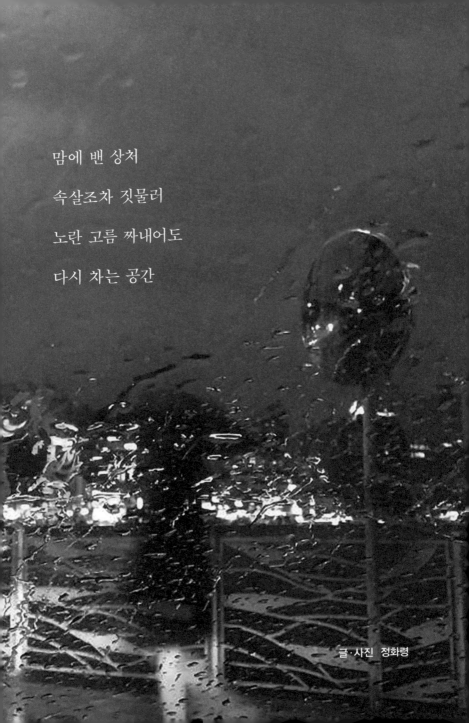

맘에 밴 상처

속살조차 짓물러

노란 고름 짜내어도

다시 차는 공간

글·사진 정화령

정
재
숙

간이역

갈 길 바쁜 희망이 스치듯 지나가는
길 잃은 꿈들이 느릿느릿 기어드는
바다 가던 강물도 거친 숨을 쉬어가는
수줍고 순한 사람들 애기 소리가 들리는
매화 향기 짙게 배인 봄날 원동역

가을 역에서

선종구

나는 이제
막차를 기다리고 있다

열차의 뒤꽁무니가 빠져나가던
코스모스 너울지는 아득한 레일의
반대편에 눈길을 두고

그 사람이 타고 있을,
내가 오를 기차를 기다린다

가벼운 외투 한 벌과
나누어 쓸 우산 하나만 가지고
혼자뿐인 플랫폼의 난간에 서 있다

코스모스 한들거리는
가을 역에서

나는 이제 막차를 기다리고 있다
누구나 한번은 서성였을
사랑이란 간이역의 플랫폼에서

살구꽃

눈이 부시게 피어오르던
꽃 같은 아름다움도
영원할 것만 같았던 꽃 날도
너는 꽃눈처럼 내리며
삼일도 못 견디고 스러지더구나
너는 가장 화려하고
찬란할 때 떠나간 거야
빛없는 아침이 오기 전에
내게 작별 인사도 없이
잔인하다는 사월 첫날 잔인하게 말이지

새벽

박
광
진

아직은 낯익은 감각에 의지해야 하는 어둠이다
잔뜩 흐린 하늘에서 빗방울이 곧 쏟아질 듯하다
새벽 기도를 다녀오는 할머니들의 중얼거림이 어둠을 울린다
먹자골목 길바닥에는 취한 인생들의 괴로움을 토해 낸
흔적들이
시장 길바닥에는 장사치들의 치열했던 삶의 흔적들이 널
브러져 있다
아직도 지난밤의 취기에서 헤어나지 못한 젊은 인생들이
전선 위의 비 맞은 새들처럼 길바닥에 주저앉아 있다
청구서와 독촉장을 지워나가기 위해 늙은 택시들이
좀처럼 오지 않는 젊은 인생들을 기다리며 줄지어 서 있다

정화령

그 남자

막차가 플랫폼으로 들어왔다
그 사람은 내리지 않았다
다음날 막차를 기다려야 했다
가벼운 외투로 가린 마음이 더 추웠다
철길은 차갑게 식어 가고
코스모스는 심하게 흔들렸다
그는 안다
많은 것을 잃어야 한다는 걸
차갑게 식은 그의 눈동자엔
사랑은 갈갈이 찢겨지고
남은 것이라곤
기억에 매달려 우는 그의 초라한 모습뿐이었다
기차는 시끄럽게 연기를 뿜어내고
그의 입가도 담배 연기로 자욱하다
돌아섰다
모자를 깊게 눌러 쓴, 그가 한 유일한 위로였다

한 남자의 사랑법

사랑받아 보지 못해
사랑을 어떻게 하는지 모른다
그대가 나를 어떻게 사랑해 줘야 하는지
모르는 것처럼
거머리처럼 영혼 빼먹는 이별이 두려워
나는 팽이가 되기로 한다

삶이 채찍질을 더하고
안으로 안으로 내 세상 만들어
그대보다 내가 먼저 거부하는 팽이
이런 나를
그대가 진정 사랑 할 수 있기나 하겠는가

그대가 바라는 사랑은 꿈
처음부터 그대는
보고 싶은 것만 보았고
알고 싶은 것만 알고자 했을 뿐
그대의 사랑은 꿈이다

내게 사랑은
처음부터 없었다

신
영
란

비 오는 날

지글지글 지져지는 찌짐 익어가는 소리
비 사이로 퍼지는
기름진 냄새, 탁배기 한 사발
비와 함께 앉은 툇마루가 시끌벅적하다

처마의 장단에 잔을 채우고
권주가 곁들인 탁배기 한 사발
입안 가득 땡초정구지 찌짐의
얼얼한 매운맛 삼키자니
저 위 회색빛 하늘에도
한잔 권할까?

조기

고
정
희

어두일미魚頭一味야, 생선은 머리가 맛있다는 거지
조기 머리 두 개만으로 아버지는
밥 한 그릇 뚝딱 드셨다
아가미를 젖히면 신기하게 살점이 드러나고
눈알도 먹을 수 있다는 걸 그때 알았다
밥그릇이 빌 때면 조기 머리는 형체가 없다
너 시집가서 아버지 가걸랑 아무것도 필요 없고
조기만 두 마리 구워봐, 아니다 너는
시집가지 말고 아버지랑 살자고 약속했제?
술고래 울 아버지, 하나뿐인 딸
서울로 시집 보내고 술 힘 빌어 그날 밤 내내 우셨다
길이 멀어 딸네 집 한 번 못 와 보시고
아버지 조금만 기다려, 그 소리만 듣다 돌아가셨다
그때 힘든 시절, 너무 힘들어 밤마다 내가 울 때면
꿈속에 나타나, 핏줄 굵은 손으로 안아주셨다
힘드냐, 아버지가 집이라도 재펴서 돈 보내주까,
아니야, 아버지 조금만 기다려,
그때도 아버지는 같은 말을 들으셨고
꿈에서조차 나는 조기 한 마리 구워 드리지 못했다
그 뒤로 나는 병이 하나 생겼다
조기를 못 먹는 병

시를 쓴다

이쯤에서 고백하자면 나는
싸락눈 날리는 거리에서
허리띠를 파는
아저씨네 작은딸의 들리지 않는
귀에 대해서 알지 못한다
한여름 거리에서 뜨거운 기름에
도넛을 튀기는 할머니의 아들 소식을
알지 못한다
마주치면 바보처럼 헤벌레하니 웃어 보이는
아래층 사는 월남에서 온 젊은 새댁의
앞니가 새까만 이유를 나는
알지 못한다 그래서 나는
온 세상의 진실에 대해서
전혀 알 수가 없다
이 세상의 모든 존재하는 것들의 꿈을
나는 알 수가 없다
사람과 사람 사이에 존재하는
보이지 않는 소중한 통로에 대해서도
알지 못한다 그러니까
나는 결국 아는 게 없다 그런데

나는 쓴다
알지도 못하는
온 세상에 대해서 쓴다
쥐뿔도 모르면서 계속 쓴다
내 모국어를 사용해서
오줌 갈기듯 쓴다
시를 쓴다

권선옥

사랑 1

허락 없이 내게 오지 말라고 하지 않았지만
나에게 오라고도 말하지 않았다

느닷없는 너 때문에
왁자지껄 소란스런 이 봄에
솜이불 둘둘 말아도 추운 것이
나는 없고 너만 있다

그러니 무거워진 벚꽃이
눈물마냥 떨어질 때
너도 꽃잎처럼 가, 버려라

너 떠나고
지칠 줄 모르는 사막의 태양 아래
뜨겁게 달궈진 모래 위로
나 쓰러진다 해도
너 부르지 않을 것이다

허락 없이 내게 오지 말아라

사랑 2

권선옥

설레면 사랑이고
설레지 않으면
사랑이 아니라고 말할 수 있는가

등 밝혀 기다릴 때는 사랑이고
바람 따라 길 떠나면
사랑이 아니었다고 말할 수 있는가

석양이 묵은 먼지 위로
길게 드러눕고
미네르바의 부엉이가
서서히 기지개 켤 때
나는 알았다

사랑은
바람마저 분주하고
이별은
바람마저 침묵한다는 것을

사랑 3

권선옥

누구나 안다고 말하면서
누구나 당하는 것

불같이 일어나
다 던져 놓고 뛰어가지만
그가 손 잡아주지 않은 것에
그가 따스하게 안아주지 않은 것에
그가 사랑한다 말 한마디 안 한 것에
한순간 무너지는 것

멀지도 가깝지도 않은 적당한 그리움
뜨겁지도 차갑지도 않은 적당한 사랑
황홀한 껍데기 말보다 적당한 립서비스가
심장이 꿈꾸는 사랑보다 위대하지
적당한 사랑은 인정을 할 수 있고
인정할 수 있다면 젖을 수 있으니까

사랑은 비를 몰고 오는 바람
그러니 나무처럼
사랑이 오면 오는 만큼만
충분히 흔들리면 되는 거야
그리고 젖으면 돼

검독수리

붉은 바위산에 제 그림자를 끌며
천천히 날아오르는 검독수리 한 마리,
성큼성큼 하늘을 밟고 올라 거대한 날개를 편다

등 뒤에 떠 있는 것은 한낮의 태양
더 높이 나는 새는 이 세상에 없다
너로 인하여 권태의 하늘은 순식간에 사건이 되고
어떤 징조로 숨이 막히는 정적의 공중으로 변한다

먹이를 노리며 천천히 갈아대는 하늘은
거대한 볼록렌즈처럼 한 점을 태우고 너는
날개를 꺾고 급강하하며 투창처럼 내려 꽂힌다

퍼득거리던 생사의 파문조차 삼켜버린
너의 동공은
먹빛 호수처럼 일렁이고,
튀어 오른 너의 깃털은
초원으로 떨어지는 별의 후손들의 머리에 꽂혀
밤마다 경배의 불꽃으로 타오른다

가라, 수리여!
싯푸른 창공과 거센 바람은 너의 옥좌
너의 두 발은
우스꽝스럽게 걷기 위해 있는 것이 아니라,
벌떡이는 심장을 움켜쥐기 위하여 존재하는 것
눈밭을 뛰는 이리의 뼈를 쪼며 너의 부리는 단련되지 않
았던가

오 자제함이여, 어떤 궁극이여
뜨거운 바위 너설에 부리를 닦고
광활한 초원을 비껴보는
천길 낭하의 검독수리여!

서
순
애

비 오는 날

살구나무가 지붕에 기댄 오후
갈증 뒤의 노란 달
가죽나무와 돼지감자의 딴청에
호박잎은 혼자 멀리 뻗어
향기로운 로즈마리
주인 닮아 게으른 블루베리
리트리버와 덴은 잠만 잔다

인기척에 어디 가냐고 묻는다
대꾸하지 않으니
개소리로 들릴 뿐

텃밭에,
방울 토마토가 무거운 가지로
허리가 휘고
상추는 꽃인 양 저리 고울까
바질은 전도사가 되어
사랑스러움을 알리기 바쁘다

꿀비가 제법 내려지는 날
지난 별들이 달이 되어
그렇게 떨어지고 있다
여자의 오후도 12시 정오인데

박
광
진

아버지

　입속에서 따로 노는 꽁보리밥. 어머니는 아버지만 쌀밥을
차려 드렸다. 나는 깨지락거리면서 이팝꽃 활짝 핀 아버지
밥숟가락만 쳐다보았다. 나의 애처로운 눈길을 외면하지 못
하신 건지 숟가락을 내려놓고 상을 물리셨다. 좋아라 꼬리
치면서 나는 아버지의 남기신 밥을 말끔히 먹어치웠다. 아
버지가 숟가락을 내려놓고 다시 들지 않으신 지 벌써 5년이
지났다.

너를 보내고

고
정
희

무슨 핑계를 대서든
너 대신 내가 죽어주고 싶었지
하지만 너 없이도 나는
괜찮다, 말만 그랬어
오늘도 낯선 곳만 골라
길을 나선다
헤매다, 헤매다가
고개 들면
너와 걷던 그 길에
멍하니 서 있는 나를 본다
치마 위로 떨어지는
눈물 한 방울

신
영
란

편지

마음을 여는 데는
종이 한 장 연필 한 자루면 충분합니다

전하려는 마음 온데간데없이
흩어져버리는 연기 같은 말
쑥스러워, 망설여져 못한 말
종이 위로 옮겨봐요

꾸밀 필요 없이 생각나는 대로
진심이 전해질 거예요

똥

남대문시장에 가면
지게꾼 리어카꾼이 소리 지른다
똥이요, 똥

자기 키보다 더 긴
원단말이를 어깨에 메고
낭창낭창 걸어가는 배달부도 소리 지른다
똥이요, 똥

피켓 하나 달랑 들고 가르치려 들지 마라
네가 똥인 거 다 안다

등대, 빙빙 돌아간다

그대 잃은 외박이 사랑

글·사진 정화령

정재숙

정동진역

꿈을 찾아
희망을 찾아
사람이 몰려드는 바닷가 그 기차역
무심히 서 있던 소나무는 보았네
손목 끌려 떠나가는 그녀 모습
희망은 늦게 당도한
그 남자의 주머니 속에
꼬깃꼬깃 접혀있었네

술

꽃잎이 얼굴에 퍼지는 한잔,
심장의 짜릿함을 마신다
두 잔은 가슴을 푼 웃음을 마시고
석 잔은 눈물을 마시며
잠을 마시는 한 병이 된다
술은 목구멍을 넘으며
꽃잎이 흘린 눈물이다

황사

이제 그만 쉬어라
날개도 없이 공중에 떠도는 것들이여
너무 멀리 흘러온 쓸쓸함이여

색유리 화사한 봄 거리에서
왜 칙칙한 기억의 외투를 벗지 못하고
서성이는 것이냐
머잖아 동남풍이 불어오면
저 산들도 털갈이를 시작할 터인데 어찌하여

구름이 젖 먹여 키우던 것들,
바람의 둥지에 아무 때나 잠이 들던
푸른 언덕의 꿈은 먼지가 되어
단단한 도시의 숲 속을 떠도는 것이냐

이제 쉬어라
비가 오지 않느냐, 봄비가
한 쓸쓸함이 다른 쓸쓸함을 지우고 있지 않느냐
빗길을 따라 청춘들 북적이는
저 인사人事의 거리에 섞여 흐르거라

매섭고 쓰라리던 바람의 고원도 더 이상 기억하지 못하는
오랜 정처 없으므로 너희 부유浮游하였으니,
이젠 쉬거라, 하늘이
너희에게 나눠준 물빛 쪽배를 타고
찔레꽃 환할 봄 기슭에 스미거라

무논의 멍머구리 소리
가득 밀려올 때까지

박
광
진

나는 괜찮다

지나가는 버스야 한숨 쉬지 마라
온종일 도로를 쏘다니는 피곤함도 곧 종점으로 가서 쉼을
얻으리니

가로등아 찡그리지 마라
졸리는 눈으로 떴다 감았다 하면서도 선 채로 일해야 하는
신세를 어쩌하겠느냐
머잖아 날이 밝으리라

골목아 마음 아파하지 마라
하루 고단함의 무게로 처진 어깨를 늘어뜨리며 지나가는
내가 불쌍해 보일지라도

나는 괜찮다

추운 날에

정화령

하늘이 흐리다
봄은 오려는데 이놈의 바람은 꽁꽁
김 모락 나는 커피 한 잔 받쳐 들다
손이 미워진다

그냥 머리나 자를까?

권
선
옥

내 사랑이

내 사랑이 미치지 않았다고 너를
사랑하지 않는 것은 아니다

벚꽃잎처럼 휘날리는 눈물이 없다고
무겁게 내려앉아 비명 지르는
낙엽 같은 슬픔이 없는 것도 아니다

네 뺨을 할퀴고 지나가 버리는
내가 아니길
네 심장을 훔쳐 달아나는
내가 아니길

태산을 등에 지고
침묵을 한입 가득 문 채
너를 보내지만
눈물이 피 되어 온몸을 돈다

그러니 내 사랑이 미치지 않았다고
너를 사랑하지 않는 것은 아니다

봄맞이

고
정
희

봄, 햇살이 아까워
겨우내 웅크린 이불을 내다 턴다
묵은 생각의 껍데기를 벗기고
상처처럼 배어있는 얼룩은
표백제에 담그고
확 트인 햇살 아래 탁탁 털면
널기가 바쁘게 뽀송한 빨래
내 속도 이렇게, 봄맞이했으면

빗물

뭘 지우려는 걸까
눈 감아버린 하늘
바람도 숨죽인 내림
톡, 톡
대지를 두드리며
코끝 찌릿하게 오는
살아 있다는 외침
고인 빗물 거울삼아
뽐내는 네온은 철없고
누군가에겐 눈물일 넌
오늘,
누구와 하나 되려는 거니?

개

선종구

겨울철마다 오르는 부용산 초입
작년에도 보았던 그 개가 쪼르르
달려 나와 나를 보고 짖기 시작한다
분홍 스웨터를 입은 주먹만한 말티즈
일 년 만에 폭삭 늙어 눈곱이 끼고
가래가 끓는 목소리로 짖어 댄다
작고 늙은 몸뚱이를 짜내어 짖는다
그것이 자기의 본성이라는 듯
받아들여야 할 운명이라는 듯
필생의 의무라는 듯
개라는 사실을 알고 있다는 표정으로
나를 보고 짖는다

계산2동 에덴동산

내가 사는 동네는
인구밀도가 좃나게 높아
그래서 왜 태어났는지 모를
애새끼들도 많고
왜 안 죽는지 모를
노인네도 많지
낡은 전자레인지를 내놓으면
삼 분 내에 사라진다
고장 난 모니터를 내놓으면
오 분 내에 사라져
어중이떠중이 모여 살다 보니
나같은 빨갱이새끼까지 섞여 살아
길냥이들한테 참치캔 먹이려는 나랑
그거 치워버리려는 할망구랑
잔머리 싸움도 치열해
그래도 좋은 건
강남에서 한 사발에 사만 원하는
이태리식 국수가
여기서는 오천 원 한다는 거야
강남에서 일만이천 원 받는

일본식 덮밥이
여기서는 삼천 원이야
좋잖아
같은 돈으로 네 번이나 먹는데
위장에 바코드 찍히겠냐
근데 뭐니뭐니해도
확실하게 좋은 건
에덴동산도 바로 여기
우리 동네에 있다는 거야
계산 2동 에덴연립
네 개나 있어
가나다라 네 개

서
순
애

개삐삐라고 하자

열 살과 열한 살 두 남매는
동네 아이들과
그들의 앞마당인 금호강 가녘에서
각자 박지성과 호날두가 되어 경기한 후
숨소리를 간지럽히며 들어온다

누나는
두부 같은 속살을 드러내고
병아리보다 낮게 지저귀며
초록 소파에 앉아서 이야기한다

비야
학같이 뾰족한 그 애 입에서
개새끼 하는 말 들었지
너는 그러지 마
우리는 개삐삐라고 하자

누나는 신념 어린 눈으로
동생에게 입 밖으로 꺼내서는 안 될
금기어를
두 눈동자 가득 심어 주고 있다

그 후
집에서는
개 웃음이 확성기처럼
멀리 퍼져 나간다
노을이 물감 번지듯 퍼지는 하늘 아래
개삐삐

박
광
진

네가 보이던 날

이상기온이다
겨울 한 모퉁이에 쭈그리고 앉아
야외예식장을 바라보고 살았다
오랜만에 아침 의식을 거행한다
너의 예민한 염려의 촉수들
다시 약병들을 꺼낸다
피쉬오일, 갈릭오일, 비타민, 멀티비타민
한 줄기 햇살
햇살을 흩뜨리는 잉글리쉬 브렉퍼스트 향
밤마다 스며들어 흔들리게 하는 시큼한 장미향
쉬림프 또띠아, 카프리제 샐러드, 짬뽕, 초밥
너의 요리 냄새가 나는
블로그를 꺼내본다
너를 꺼내본다
나를 꺼내본다

황령산 공원

고
정
희

인적이 끊어진 산마루
열엿새 달이 뜨는데
화다다닥 튀어나온 고라니 한 쌍
꽁지가 빠져라고 밤이 아깝다
저 아래 불빛일랑 너나 즐겨라
새벽 동이 틀 때까진 온통 내 세상
잡힐 듯 말 듯 내빼는 암놈
잡고도 놓친 양 뒤쫓는 숫놈
먼저 지친 달님만 숨이 차올라
눈 뜨고도 못 잡는 고라니 두 놈

신영란

기도

뿌리박고 선 하늘엔
바람이 전하고 구름이 알려주는
세상 이야기 끝이 없다
피 토하듯 피운 꽃
짧게 품었다 바람에 맡기고
간절한 마음에 가지만 흔든다
다른 하늘
다른 세상에선
부디 뿌리 내리지 말기를,

계절따라 다른 하늘에 머무는
별이 되어라

남국 南國

손승휘

광활한 사막의 모래 밑을 천 년에 걸쳐 흐르던 流沙河가
어느 날 샘으로 솟아 오아시스 만들어지던 날
나는 물가에서 맨발로 태어나, 한 마리 짐승으로 태어나
바람과 비와 서리를 몽땅 다 거느리고 남쪽으로 향했더니
거기 네가 있어, 손톱이 부러져 나간 노인과
굳은살 박힌 발꿈치를 가진 아낙네와
볼이 얼어 터진 소녀를 안고 네가 거기 있어, 나는
사랑을 알고, 인생을 배우고, 단장의 고통에 가슴을 치
며 운다
내 뼈를 부러뜨려 주랴
송곳니를 벼려서 네 정수리에 돋아난 뿔을 갈아주랴
하수구에 처박힌 龍이여
차바퀴 사이를 달리는 푸른 늑대여
너로 인해 너무 슬픈 오늘이여!

소주잔을 들었다

진한 그림자 떨쳐내려

목숨을 걸어야 했다

글·사진 정화령

박광진

雨東鶴

東鶴送別恝
今孤身隻影
空約束虛望
降雨又陰雨

동학사의 비

동학사 너를 보내고
이제 외로운 몸, 홑 그림자
헛된 약속, 부질없는 바람
비는 내리고 우울히 하염없이 내리고

시인, 그대

선종구

스스로 불타
공전하지 않는

아무 생명이 없는

겨울 밤하늘에
돋은 오리온 좌

어떤 작가

하루를 비누 거품으로, 온몸을
구석구석 문질러 씻어 내리고
어둠 속에서만 살아나는 세포들을
컴퓨터에 앉히고 알몸으로 글을 써내려 간다
자판을 쳐댈 때 자음과 모음은 손가락에 찍히고
눈에 찍히고 풍만한 배에 찍히고 성기에 찍히고
활자는 마침내 하얀 종이에 찍힌다
나는 그의 시와 소설 속에서 알몸을 본다

운 좋은 놈

박광진

나는 억세게 운이 좋은 놈이다

사스 때 살아남았고
신종플루 때는 타미플루를 맞긴 했지만 살아남았고
메르스가 한창인 지금은 아직 살아있다

성수대교 붕괴 때는 그곳이 내려다보이는 곳에 회사가 있
었는데도 그때 버스를 타고 그 다리를 건너지 않았다
삼풍백화점 붕괴 때는 인근에 회사가 있었는데도 그곳에
쇼핑하러 가지 않았다
오하마나호 타고 제주 갈 때도 진도 인근 바다에서 아무
일 없이 선실에서 깔깔거리며 술잔을 기울이고 있었다

이렇게 운이 좋은 놈이 이 땅에 어디 나뿐이겠냐마는
살아남은 자들은 모두 운 좋은 대한민국 사람

하느님이 보우하사 우리나라 만세

121

정화령   **병상에서**

아픈 거 싫은데
정말 두렵고 싫은데
그저 이렇게 살 수밖에 없는 내 몸이
사랑하는 이 곁에
예쁘게 예쁘게 살다 가고 싶은 욕심이
눈물 나게 아픈 오늘
비가 많이도 내리네
짙은 먹구름이 왜 이리 편하지

그리움이 과자처럼 달콤할 때

권선옥

꽃은 수런수런 눈웃음치고
새는 나폴나폴 날개춤 추며
물오른 나무 유혹할 때

나도 그대에게
봄 한번 던져 봤다

겨울이 냅다 한걸음에 달려왔던 들판을
냉수 한 사발 들이키고
이내 돌아설 때

들풀은 마른 가슴으로 겨울 보내고
나도 그대 등 뒤에 살짝
그리움 몇 가닥 붙여 떠나보냈다

봄처럼 왔다
겨울처럼 떠난 그대를
그리움도 지칠까
야금야금 꺼내 먹는다

바람

고정희

새가 없어도
꽃이 없어도
바람이 멈추는
법은 없었지
단지 우린,
흔들려야만 느꼈을 뿐이다

미련

신영란

기대려던
헛된 마음이
칼날이더라

버려야 했던 것은
숫돌 된 마음

동전 한 닢

손승휘

오늘도 바람 부는 거리에서
지는 해를 바라보며 서 있어요
이제는 돌아가야 할 시간인데
텅 빈 상자를 바라보며
걷어치우지 못하고 있어요
당신의 눈길을 기다리지만
당신은 귀 기울이지 않는군요
차가운 눈길로 바라보다가
고개를 흔들고 가버리시는군요
그러지 말아요
많이 바란 것도 아닌데
그저 동전 몇 닢이면
나는 계속 노래할 수 있어요
당신이 던지는 동전 한 닢은
당신이 내게 주는 마음
문설주에 기대선 매춘부처럼
당신의 마음을 기다려요
거리에 서보지 않으면 몰라요
얼마나 간절한지를

겨울왕국

겨울 어느 날 아침, 눈 떠보니 도시의 모든 도로가 하얀 얼음으로 변해있는 것이었다. 사람들은 변괴라며 밖을 나서지 못하는데, 아이들은 어느새 하나둘씩 얼음을 지치고 놀기 시작하는 것이었다.

어른들은 돈을 벌기 위해 직장을 나가야 했지만 아무리 좋은 승용차도 쓸모가 없었고 미끄러운 구두에 수없이 엉덩방아를 찧어야만 했다.

누군가, 어릴 적의 썰매를 타기 시작했고 미스 김도 양부장도 회장님도 모두 아침마다 씽씽 썰매를 타고 출근하는 것이었다 뛰뛰빵빵 입 경적을 울리고 어깨와 엉덩이를 서로 부딪쳐 가며 출근을 하는 것이었다

국회에도 관공서 주차장에도 자동차 대신 썰매가 채워진다고 한다

겨울이 되면, 하룻밤 사이에 그 도시의 모든 도로가 하얀 얼음으로 변하고 그 나라의 대통령도 아이들처럼 씽씽 썰매를 타고 다닌다는 겨울왕국의 이야기

서
순
애

애인

낮이 밤으로 걸어가는 시간
그와 나는 손을 잡고 걸었다
그의 얼굴이 노을인 듯 붉어졌다

해와 달이 걸쳐진 시간
바람이 불고 있었다
그의 긴 머릿결에서 시 냄새가 났다
나는 그의 머릿결을 묶어 시를 쓰고 싶다

낮이 집으로 돌아가는 시간
나는 그에게 흔들리는 갈대였다
시간은 오후 여섯 시에 멈춰져 있다

너

고정희

너를 보면
그 속에 내가 있다
침대 끝머리가 맞은편 벽에 닿던
어두운 방, 달도 비껴 뜨던 방
아이들 숨소리보다 낮게 울어야 하는
눈물이 밤마다 벽에 이끼를 키우던 방
도망치는 이파리처럼
꺾이는 가지처럼, 고개 숙이고
도리질만 쳐대던 그해의 늦겨울,
거리에 다시 화사한 봄날이 오면
나는 문득 걸음을 멈춘다
햇볕이 들지 않는 건물 모퉁이,
피지도 못해 본 하얀 목련이
봉오리째 그 안에 지고 있다

연꽃처럼

누워서 몇 년 보내니
뼈 잡아 주던 근육 침대 밑에 숨었고
덩달아 마음도 누웠다

바쁜 다리 잠시 쉬니
눈도 쉬자 하고
눈이 쉬자 하니
손도 쉬어 가는구나

이제 추억할 일만 남아 촛불 켰더니
긴 시간 촛불 타지만
초 짧아지듯 추억 짧아지고
촛농처럼 버려야 할 것만 쌓여 간다

이것은 아쉽고
저것은 아깝고
그것은 남기자

하지만 결국
이것도 버리고
저것도 버리며
그것은 기억에도 없네

당신 가는 길
나도 가야 할 길
당신 버렸던 것
나도 버려야 함을 기억하리

당신 이마에 연꽃 피었다

손
승
휘

길

1.
해야만 하는 일처럼
가야만 하는 길이 있다
숙취 속에 배낭을 꾸린다

2.
내가 널 사랑하는 건
네가 언제나 나를 작게 만들어서야
작아지는 법을 배우는 건
정말 어려운 일이거든

3.
강가에서 바람 실컷 맞고
어슬렁어슬렁 배 채우러 들어간
마을에 장이 섰다
오뎅 두 개에 천 원짜리 핫도그 하나
막걸리 한 병이면
내가 왜 널 부러워하겠니

4.
이름 없는 마을이 있을 리 없는데
돌아 나오고 보니 마을 이름이 생각나지 않는다
다만 기억하기는 그저 마을에서 바라본
머나먼 산 너머로 지던 해, 노을빛뿐

5.
길을 잃었던 거다
잠깐 꿈을 꾼 듯도 하다
아니, 어쩌면 길에 취해
길 위를 비추는 저녁나절의 햇살에 반해
환상을 본 것일 수도

6.
이 세상에 아름답지 않은 길은 없다는 걸
나는 진즉에 눈치 채고 있었다
꽃들처럼 나무들처럼 흘러가는 강물처럼
나도 그들 가운데 하나가 되고 싶어
눈치 없이 끼어들어 수다를 건넨다
"내가 지나온 마을에 사는 연꽃들 이야기를 해줄게"

7.
이제 보니
나는
꽃도 없고
뿌리도 없구나

농사시편

선종구

벼들의 잔뿌리 모두 끊어지고
손날이 통째로 들어가게 쩍 쩍
갈라 터진 간척지 논바닥,
한번은 말려야, 이리 한번은 갈라 터져야
뿌리 깊어지고 이삭 실하다
나락의 잎 싹마저 뻬들뻬들 꼬이는
들논 물꼬에 물 들어 간다
한 단지를 건너온 양수기 호스에서
찬물 들어간다
벌컥벌컥 퍼마신다, 봐라!
이삭 새끼 밴 통통한 볏대들,
밑동에 물 닿는 벼 폭시마다, 좌악
쳐올리는 공작새 꼬랑지마냥 진저리를 치고,
햇살에 번들거리는 나락 잎새가
때마침 열광하는 관중들의 파도타기가 되어
몇 번이고, 몇 번이고 물결쳐 간다

슬픔을 만들어서

눈물을 줘서

잘해주기만 해서

그래서 가슴 한켠이 비어버렸다고

글·사진 정화령

정재숙   노을

저무는 고향 강가
주름진 강물 속으로 노을이 지다
세 평짜리 텃밭을 거두시며
콩이 한 되 팥이 한 되
소꿉장난 같은 가을걷이를
아이처럼 자랑하시다 이내
아이고 디다
약 없이 하루를 못 버티시는
손에 낀 먼지보다 세월의 먼지가 두텁게 낀
너덜하게 해진 두 가슴에다
한 달 치 약 한 보따리 안겨드리고는
횡 하니 돌아서 오다 마주친 강가에
내 눈시울보다 붉은
부끄러운 노을이 지다

코스모스

고개를 넘던 여객버스는
펑크가 나서 주저앉았다

빨간 넥타이에 정종병과
사과 광주리를 든 사람들이 신작로를 따라
걷기 시작했다

고갯마루가 흥성하였다

키스

살짝 받쳐 든
입술과 입술 사이로
알사탕이 목젖에 닿았을 때
어린 꽃은 달콤함이 입술보다
혀끝이 먼저인 걸 알았다

벽에 밀려진 채
입술과 입술 사이로
눈 속에 빛나던 별들이
밤하늘의 별이 된 줄 알았다

잔 없이 건네는
입술과 입술 사이로
꽃과 꽃의 경계는 사라지고
꽃이 꽃을 사랑할 수 있다는 걸 알았다

눈을 감는 법은 누구도 가르쳐주지 않았다

아카시아

박
광
진

문득 스친 향기
하얀 냄새 봐야지 하다가
향수에 취해 봐야지 하다가
어어 아카시아 꽃 다 져가네

권선옥

그때부터 아팠다

한번은
흔들리는 네 눈 보았다

우물에
꽃잎 하나 떨어져
네 영혼 흔들었을 때
나는 흔들리는 네 눈 보았고
너는 들키지 않으려 눈 감았다

내가 보지 않았어야 했는지
네가 눈 감지 말았어야 했는지
우리 서로 엇갈려

기다림도 바람이 가져가고
그리움도 깜빡깜빡 잊혀지면
네 눈 쫓다 길 잃어 멈춰 선 나만 남을 뿐

바람 분다
기다림 가져간다

안개

새벽은 밝아오고
미처 데려가지 못한 어둠은
촉촉이 퍼져있었네
어둠과 밝음 사이
마주 선 건물과 건물 사이
잎이 져서 간격이 적당해진 가로수 사이
그리움과 망설임 사이,
안개는 발도 없이 비집고 들어가
그 모든 사이를 지워 버리고
하늘과 땅 사이를 지워버리고
건널 수 없는 강물을 메워 버리고
너와 나의 담장도 헐어버렸지만
정작 내걸리는 등불을
찾을 수 없어
나의 발은 익숙한 그 골목길을
헤매고, 나의 팔은 허공만 겹겹이
걷어내고 있었네

손승휘   흐르는 달처럼

달빛 저리 명랑할 때
길 밝아 걷기 좋으니
사랑은 가슴에 새기고
님은 떠나보내겠네

달도 저물고 강도 저물면
혹여 님 가시다가
발길 머뭇대 돌아서더라도
내게는 오지 마라 하겠네

낙엽 밟는 소리
갈잎 스치는 소리에도
나는 가슴 뛰고 무서우니
다시는 들어서지 마라 하겠네

생가슴에 떠올랐던
상채기는 못본 체하고
저 달처럼 흘러 흘러
지나가라 하겠네

겨울 바다

선종구

한겨울에도
사람들이 벗어 놓고 간
부은 발등 씻겨주느라
쉬지 못하는 겨울 바다가
이것 보라고
이것 좀 보라고
하얗게 부르튼 손을
자꾸 내 앞에 내민다

연습

잃을 것이 없을 때에는
두려움이 없었습니다
이제, 당신을 향한 사랑이 깊어
갈수록 두려움도 그 키를 키워갑니다
사랑은 저축하는 것이 아니라고
당신은 말하셨어도
아침이면 달아나는 꿈이 될까 봐
새벽이 한발씩 어둠을 밀어낼 때
당신도 미리 먼저 보내봅니다

종이세상

신영란

자그마한 손에
춤을 춘다
리듬에 맞춰 흥겨운 웨이브 마치면
온갖 곤충들
화분 위에 날아들고
집안은 동물원으로
변해버린다
오늘도 아이는
가위 하나로 세상을 만들어간다

한잔하고 중얼거리다

하루 일을 마치고 서쪽으로 창을 낸 부엌 식탁에 앉아
막걸리를 마시며

장엄하게 지고 있는 해를 보고 있자면 사는 게 너무나
자명해질 때가 있다

나의 하루가 나의 일생이 저럴 수 있을까

웃을 만큼 웃고 울 만큼 울고 노할 만큼 노했다 헤진 작
업복을 던지고 뒤도 없이 누워 버리는 일몰의 해를 서산이
받아 안고 돌아누우면 창에는 가등이 켜지고 밤하늘엔 별
들이 뜨기 시작하는 것이다

돌이켜 보면 한 해를 살다가는 개망초가 내 키를 넘고 벌
써 스무 번이 되도록 저들을 심고 베어냈는데 아직도 갈퀴
같은 내 손을 보고 있자면 오히려 나이테가 한 겹씩 벗겨지
고 있다는 참혹한 느낌이 들 때가 있다 그럴 때면

한 잔을 더 하고 집 마루에 앉아 하늘의 별들과 그 사이
를 흘러가는 상현달을 보기도 하고 밤하늘보다 더 검은 앞
산의 실루엣을 망연히 바라보는데 산등성이 아래로 찔레꽃
같은 등불들 피어나고 무논에서는 와글와글 멍머구리 소리

드문 소쩍새 울음 밤 고양이 풀밭 헤적이는 소리...
늦도록 앉아있는 나를 사이에 두고 또 다른 세상이

미치고 황홀하게 돌아가는 것 같고 뭐라 말할 수 없는 느낌이 들 때가 있다 이럴 때면 천지간의 배꼽에 내가 앉아 있는 것만 같아 한없이 깊어지고 사랑스러워져서 아무렇게나 자고 있는 아들놈의 정강이를 쓸어보기도 하고 땡땡 부은 아내의 볼을 만져 보기도 하는 것이다

이별

고
정
희

안갯속으로 그는 떠나고
굵어진 빗방울이
쫓아가듯 그의 뒤를 따른다
쓰다듬던 느릿한 손길
현의 울림 같은 속삭임은
고여있지 못한 채
방울 되어 바닥으로 구르고
우두커니 선 나에게 남은 건
쏟아지는 비를 받아
천둥처럼 가슴에 울리는
그의 마지막 말을 지우는 일이다
'이대로 가긴 싫은데'

참 많이도 돌아왔어

이제 그만 놓아주자

글·사진 정화령

서
순
애

부추

등나무 꽃이
두 번 필 때면
너의 젊음도 핀다

나는 네 머릿결을 쥐고
단발로 자를 때
나비처럼 나풀거리는 웃음이 진다

너를
낮처럼 붉게 칠하고
밤처럼 검게 절이고
새벽처럼 하얗게 구워도
너는 푸르다

너의 푸른 피가
내게 붉은 피로 돌 때
나는 오늘 밤 푸르게 발칙하다

자운영

정재숙

눈깔사탕보다 큰 말간 눈을 껌뻑이며 활처럼 부드럽게 휜 두 뿔을 가진 며칠 전 새 식구가 된 암소 순덕이,

순덕이 널널한 잔등에 올라타고 처음 산 우리 논으로 아버지 따라 먼 들판에 나가던 날이었다

멀리 아지랑이가 신기루처럼 피어오르고 들판 가득 몽글 몽글 보랏빛 구름이 깔렸다 온 들판에 흩뿌려진 그렇게 많은 꽃을 본 건 처음 이었다 열세 살 내가 물었다 아버지 이 꽃 이름이 뭐야

자운영이란다 와! 이름도 이뻐라 얼굴을 처박고 꽃을 들여다보다가 고개를 들어 먼 들판 끝에 둘러선 둑길을 볼 때 아득하다는 느낌을 처음 알았다 그때부터다 무리 지어 흐드러지게 피어있는 꽃들이 좋아진 것이

논두렁을 어슬렁거리며 옴싹옴싹 꽃을 베어 먹는 순덕이가 어쩌나 얄미운지 흙덩이를 주워 던졌다

순덕이 목에다 멍에를 얹고 쟁기질 채비를 하시던 아버지께서 이윽고 논을 갈아 엎는다 안돼 아부지

이렇게 갈아엎어야 땅에 좋은 영양분이 된단다

그 봄날 논둑에 퍼질러 앉아 단 한 번 보았던 꽃 무리,

어린 기억의 언저리에 짙게 배어든 풀물 꽃물이 도대체 빠질 줄을 몰라 해마다 알록달록 봄 물결이 치는 이즈음엔 가슴에 불쑥불쑥 그리움 같은 자운영이 돋아난다

박광진   앵매기

나는 앵매기가 미웠다

잘 가지 않는 집 옆 처마 밑에 몰래 와 살았다

제비는 배 부분이 하얀 검은 공단貢緞의 옷을 입은 신사
였는데

고놈은 색깔이 검으틱틱하고 비겁하게 생겼다

제비는 마루 위 처마 밑에 새끼들이 모가지를 경쟁하며
내미는

모습이 보일 정도로 둥지를 짓는데

고놈은 얄밉게도 굴처럼 깊고 단단한 토굴을 지었다

심술이 난 나는 긴 막대로 휘저어 쫓아버리고 집을 부숴
버렸다

그러면 어느새 다시 와 튼튼한 집으로 복구했다

어느 해엔가 고놈이 보이지 않았다

쫓아내야 할 고놈이 오지 않았다

마음

정
화
령

맘이란 녀석
가끔 숨통 트이게
맑은 하늘도 보여줘야 해
아님 울어

권
선
옥

잔소리

엄마는
오십을 바라보는 딸 쫓아
화장실 문 앞에 서서
잔소리를 소일 삼아 한다

딸은 부엌으로 간다
엄마도 부엌으로 가며
노래처럼 잔소리한다

딸은 다시 거실로 간다
엄마도 다시 거실로 가서
했던 말을 다시 또 한다

딸은 한 귀로만 듣고
듣던 잔소리를
화장실에 부엌에 거실에
그대로 집어 던진다
고개는 끄덕여 주고

엄마는 잠자리에 들기 전
양반다리하고
부처님께도 자장가처럼 잔소리한다
부처님도 딸처럼 대꾸가 없다
깜빡 졸다가도 다시 깨어
잔소리마저 하고 평온한 잠 청한다

엄마가 그랬다
잔소리하는 것도 힘이 있어야 한다고

엄마는 아직 살아 계신다
아주 힘차게

고
정
희

진달래

아픈 건 다 지우라고
겨울이 간다
사랑은 가시에 찔려
신음하고
그 생채기 피 한 방울
뚝 떨어져
진달래 한 송이
피워 내더라

세월

신영란

세월은 제 갈 길 가는데
너울 치는 건
내 머릿속 찌꺼기 일 뿐
알고 나니 씁쓸하다
웃음이 이렇게 쓰다니

비웃음이었나
헛웃음이라도 날려볼까

세월아 비웃지 마라

인북천에서

책 몇 권을 싸들고
골짜기로 들어서던 날
겨울비가 내렸다

몇 갑 남은 담배와
창고에 피어난 곰팡이
땀에 젖은 베개를
내 헛된 날들의 벗으로 삼자고
골짜기로 들어선 날부터
강물도 길도 처마도 젖어들어
틈 벌어진 창틀 사이
바람이 차다

아무 일도 되지 않는 날은
사고 싶은 전집의 이름을 외운다
옛다, 내 조악한 인생에
한 아름의 선물로 던져줄까

식은땀을 흘리며 걷다가
빗속에 주저앉아
부르튼 발가락을 애무한다

외로워도 된다
사랑하니까

기억의 바다에서

연출	강승환
극본	정재숙
성우	최재호(투니버스), 정재헌(mbc), 정현경(kbs),
	유승화(ebs), 이상헌(대교), 홍승표(더소리)
공연일시	2015. 4. 16. 세월호 1주년 행사장
주제	세월호, 추억하지 말고 기억하자.

등장인물

성이 엄마   돌아오지 못한 성이를 기다리며 마음껏 울어 본 적
            이 없는, 진상규명을 위해 팽목항을 떠나지 않은..

남자   살아남은 것이 형벌 같아 견디기 힘든 그래서
            자살을 시도했던...

민   구조된 아이

지은   돌아오지 못한 아이

여자방문객   한 번은 가봐야겠다고... 세월호 이후 처음
            팽목항에 온.

배경   팽목항

후드득 비가 내린다 바람도 제법 느껴져 차가
운 기운이 감도는 회색 바다
파도는 철썩이고 노란 리본 묶인 장대에 앉았
던 갈매기 한 마리 급히 날아간다.

성이 엄마   4월이 싫어. 잔인한 4월이란 말이 지겨워. 비가
           오는 게 싫어 그 좋던 봄비가 이젠 너무 싫어.
           울어본 적이 없어. 한 번도 맘껏 울어 본 적이
           없어. 저 바닷물이 불어 더 깊어 질까 봐. 빗물
           한 방울까지도 모조리 주워담고 싶어. 그 빗물
           바다 못 가게.
남자   이곳에 오지 않으면 악몽에 시달려 견딜 수가
           없었죠. 가끔은 거인이 되어 바다 밑바닥 배를
           들어 올리는 꿈을 꾸다 잠에서 깨곤 하죠.
성이 엄마   꺼낼 수만 있다면 저 바닷물을 다 퍼 마셔 배
           가 터지더라도...
방문객   (두 사람의 대화가 들리는 바닷가 가까이 서
           있다)

그 날 구경꾼만이 있었지. 사람들은 남의 일인 듯 구경 하
는 걸 좋아해. 물구경 불구경 싸움구경... 구경꾼들 뒤엔 싸

움을 붙이는 사람들. 그리고 그걸 즐기지. 모두들 서서히 가라앉는 세월호를 그저 멀리서 구경만 하고 있었지. 더 깊이 밀어 넣고 있었지. 말들의 잔치에 초대된 사람들. 말들은 무성한 숲을 이루고 파도를 이루고. 풍선처럼 부풀어 올라 그걸 다 모아 묶으면 가라앉힌 배도 다시 띄울 수 있을 것 같았지. 하지만 아무것도 하지 않았다. 그뿐..

(맹골수도 바라보며 좀 더 가까이 다가가는 방문객)

성이 엄마   자식을 잃은 부모를 잃은 사랑하는 가족을 잃은 그 많은 사람들의 가슴에 뭐가 남은 줄 알아요? 커다란 소금밭이 하나 생겼지요. 온몸 수분이란 수분 다 빠져나가 가슴에 허연 염전이 서걱대는...

남자   국가개조 참 잘도 말하고 쉽게도 내뱉었지요. 네 책임이다, 네 책임이다. 아무도 책임지지 않았고 만나주지도 들어 주지도 않았고

성이 엄마   아무도 들어주지 않는 우리 말. 이젠 저 갈매기와 말하는 게 익숙해졌지요. 누구보단 더 잘 알아듣는 것도 같아서 가끔은 파도와 주고받고 손가락 걸며 약속도 하고 파도와 갈매기밖에는 없었어.

(후드득 굵은 빗방울이 내린다)

남자	무정한 하늘이 그 날 그 여자처럼 거짓 울음을 우는군.
성이 엄마	빗물에 젖어도 차마 울 수조차 없는데 애꿎은 눈물로 바닷물을 불리는군. 이제 그만 그쳐라.
남자	이대로 살아갈 수 있을까요? 자신이 없어요.
성이 엄마	가슴을 후벼 파고 파도 견딜 수 없는 건 용서할 수 없는 건 끝까지 믿었던 아이들. 믿고 가만히 있었던 그 시간 어른들의 배반. 같은 공간 안에서 서로의 죽음을 앞에 두고 먼저 가는 친구들의 모습을 지켜봤을 그 순간의 아이들. 아, 어른임을 포기할 수 있다면...

다시 4월
꽃이 피고 꽃이 지고
꽃 지는 소리에 숨이 멎는다.
아! 꽃 같은 아이들
봄이 들끓다 멈칫 4월 앞에 선다.
머뭇거리는 봄비가 다시 내린다.

(흥건하게 젖은 눈시울 너머 아이들의 소리가 들린다)

아이	눈물을 흘려도 괜찮아요. 부디 추억하지 말고 기억해주세요.
성이 엄마	너희들이 돌아오지 않았는데 어떻게 잊을 수

가 있겠니? 기다리라고 하지 않을게. 이젠 우
리가 갈게.

남자 멈춘 시간 속에 달라진 건 아무것도 없는데 규
명된 건 아무것도 없는데 진실만이 빛이 바랠
까 두렵군요 어서 저 바다 밑에서 배를 건져
올려야 하는데..

성이 엄마 추억 속으로 가라앉기 전에 건져 내야죠. 시퍼
렇게 기억하게 해야죠.

민 난 뭘 기억해야 하죠? 기억하는 것이 힘이 들
어요. 아 뭐라고 말해주나. 그냥 넌 아무것도
기억하지 마.

비 그치고 해야 솟아라
뻘 속에 박힌 아이 실은 배야 솟아라
나머지 것들은 모두 흘려보내 버려야지
서해 바다에 일 년을 절은 가슴 가슴에
맑은 샘물 길어다 부어
염전같이 짠 가슴 훨훨 헹궈내고
쌓인 설움 봇물처럼 터져 나와
오늘 하루 맘 놓고 울게 하자
이젠 집으로 돌아가 나비 잠을 자게 하자.

(음악)

외로워 마라

그대 가슴에

지난봄

꺾어 놓은 매화향 그윽하니

글·사진 정화령

보리차를 끓이는 여자

지숙은 오랜만에 늦잠을 잤다.

밤새 내리던 비가 벌써 그쳤는지 햇살이 강하다. 창 막이 커튼 사이로 얄궂은 햇살이 장난을 쳐도 이불 속에서 나오지 않을 작정이었다.

아랫배가 단단해지지만 않았다면 그깟 햇살 정도는 무시하고 이불 속으로 얼굴을 처박아 버리면 그만이다. 하지만 아랫배가 당기기 시작하면 더는 누워서 게길 도리가 없다. 눈을 반쯤 뜬 채 입이 째져라 하품을 하고 기지개를 한 번 켠 다음 침대에서 내려섰다. 허리까지 휘감겨 올라간 치마가 훌훌 털리며 떨어져 내렸다.

다시 전해오는 통증을 느끼고 아랫배를 움켜쥔 채 화장실로 향했다. 화장실 작은 창 너머로는 비에 젖은 감나무가 바람에 흔들리고 있었다.

몇 개 남지 않은 감나무 잎에서 남은 물방울이 터질 듯 일렁이다가 톡 떨어졌다. 아. 지숙은 아랫배를 다시 움켜쥐었다. 생리가 끝나면 병원에 가봐야겠다는 생각을 벌써 몇 번째 했는지 모른다.

생리 때마다 통증이 오는 것은 자궁 속 사정이 있을 거라고 생각한 지 오래지만 사정이 있어 봐야 물혹 몇 개겠지.

아이들은 어제 수련회에 갔고, 남편도 회사에서 바로 1박 2일 워크숍에 간다 했으니, 오랜만에 홀가분했다. 블라인드를 올리고 창문을 열자 햇살이 성큼 창을 건너와서 거실 가득 차지했다.

언뜻 어젯밤 발코니에 비가 들이치길래 뒤 베란다로 옮겨 두었던 빨래 생각이 났다. 주방과 연결되어있는 문을 열자 고양이 세 마리가 당황해서 후다닥 달아나려다 자기들끼리 우선순위를 정하지 못하고 우왕좌왕했다.

그중 한 마리는 차례에서 밀려 미쳐나가지 못하고 구석으로 몸을 피했다. 갑자기 나타난 지숙을 원망이라도 하듯이 노려보는 고양이의 길을 방해하지 않기 위해 다시 주방으로 몸을 숨겼다.

고양이는 상자 위를 계단처럼 밟고 열려진 창을 통해 무사히 빠져나갔다. 지숙은 그제야 한숨을 크게 내 쉬었다.

베란다 바닥에는 몇 개의 빨래들이 떨어져 있었다. 고양이들이 건조대에 널어져 있던 빨래를 끌어내려서 깔고 잤던 모양인지 빨래에는 하얀 고양이 털이 촘촘히 박혀 있었다.

지숙은 순간 진저리를 쳤다. 떨어져 있었던 빨래들을 대야에 담가두고 베란다 청소를 했다. 망할 고양이들. 물이 가득한 파란 플라스틱 대야에는 하얀 고양이 털이 둥둥 떠다녔다.

빨래를 옥상에 널어놓고 대야를 들고 계단을 내려오는데 잔디가 깔린 마당에 고양이 한 마리가 있었다. 지숙은 발을 멈추고 서서 고양이가 어서 다른 곳으로 갔으면 하고 잠시

서 있었다.

고양이는 아직 갈 마음이 없는지 앞발로 기다란 풀을 톡톡 건드리면서 지숙을 노려보았다.

지숙은 대문에서 대여섯 걸음 되는 마당을 빠른 걸음으로 지나 현관문을 열고 들어왔다. 주방으로 가서 냉장고에서 반찬 그릇 두 개를 꺼내 놓고 밥솥에 있는 밥을 조금 덜어 시장기를 채웠다.

그릇을 싱크대에 담가 놓고 거실로 나와 소파에 앉으려다 화들짝 놀라 소파 위로 잽싸게 올라앉았다. 언제 들어왔는지 고양이 한 마리가 거실 탁자 밑에 배를 깔고 앉아 있었다.

그다지 크지 않은 고양이었지만 지숙은 고양이에게 다가갈 수가 없었다.

'안 돼.' 하고 입안 소리만 냈다.

고양이는 두 귀를 쫑긋 세우고 어슬렁어슬렁 급할 것 없는 듯 거실 가운데 놓인 탁자를 한 바퀴 배회 하더니 소파에 앉아 있는 지숙의 곁으로 왔다.

갑자기 가슴이 벌렁거리기 시작했다.

"가라."

조용히 낮은 소리로 말했다. 고양이는 잠시 멀뚱히 서 있다가 말귀를 알아먹은 건지 아니면 특별히 기대할 게 없다 여겼는지 현관문을 통해 나갔다.

서둘러 고양이의 꽁무니를 밟고 가서 현관문을 닫아 버렸다. 가끔씩 마당에서 마주치곤 하던 고양이들은 사람 냄새가 싫지 않은가보다. 다가가도 도망가지 않았다. 오히려 고양이를 피하는 쪽은 지숙이었다. 그렇게 한바탕 고양이와의 전쟁이라도 하고 나면 맥이 풀렸다.

사람들이 자기 집의 고양이 얘기를 하며 자랑을 늘어놓을 때는 귓등으로 흘려버리고 옅은 미소로 맞장구를 하는 척했지만'그래도 고양이는 싫다.'고 속으로 되뇌이고는 했다.

가끔씩 대여섯 마리의 고양들이 마당을 활보하고 다닐 때는 섬뜩함까지 느껴졌다.

다음 날 아침 현관문을 열었을 때 고양이 한 마리가 빼꼼히 내다보고 있었다. 어제 그 고양이었는지는 모르겠다. 아예 보려고도 하지 않았다. 고양이의 눈을 마주치면 왠지 고양이가 영혼을 뺏어가려는 것 같아서 시선을 거두어 버리곤 했다.

터미널 대합실에는 사람이 그다지 많지 않아 한적했다. 지숙은 대형 텔레비전이 있는 곳으로 가서 사람들 틈에 끼어 앉았다.

아직 차가 도착하려면 십여 분은 더 있어야 할 것 같다. 텔레비전에서는 드라마가 방영되고 있었는데 한 번도 본 적 없는 드라마인지 내용을 알 수 없었다.

'나오는 곳'이라 씌어져 있는 출입구 앞에서 사람들이 대합실로 하나둘씩 들어오기 시작했다.

지숙은 서둘러 출입구 앞으로 다가갔다. 시어머니는 지팡이를 짚고 시아버지 뒤에서 뒤뚱거리며 걸어오고 있었다.

"아버님, 오시느라 수고하셨지요? 엄마, 여기요."

지숙이 손을 흔들었다.

"오냐, 일찍 나와 있었냐?"

시아버지는 뒤를 돌아보았다. 시어머니는 지숙을 발견하자 함박웃음을 지으며 빨리 걸어 보려 했지만 마음대로 되지 않아 보였다.

"버스가 빨리 도착했네요? 시장하시죠?"

"아니. 오다가 휴게소에서 뭐 좀 먹었다."

시아버지는 한 손에 끈으로 칭칭 묶은 종이로 된 상자를 들고 한 손에는 낡은 검정색 캐리어를 끌었다.

상자를 받아들려 하자 시아버지는 무겁다며 만류했다. 지숙은 다시 어머니에게로 가서 어머니의 팔에 자신의 손을 끼워 지팡이를 대신 했다.

농사를 짓는 지숙의 시부모는 몸을 돌볼 틈 없이 분주한 계절들을 보내다가 가을걷이가 끝나면 지숙의 집에 머물면서 병원에 들러 농번기 동안 쓰고 고장 난 농기구를 손보듯 당신들의 몸을 돌보고 가셨다.

여름휴가 때면 남편과 함께 시댁에 가서 농사일을 돕고 오기도 했지만 며칠 동안 돕는다고 산적한 일거리가 줄어들 리는 만무하다.

도시에서 낳고 자란 탓에 시어머니의 뒤꽁무니를 졸졸 따라다니며 농사일을 하는 것이 쉽지는 않았지만 시어머니는 지숙의 서툰 손끝마저 귀히 여겨 주셨는데 아마도 일거리가 줄어든 것보다 가을볕에 까맣게 그을린 깻단을 털어내듯 시아버지의 흥을 보는 것에 맞장구 쳐주는 말동무가 되어준 것에 더 즐거운 모양이었다.

지숙도 가끔씩 남편에 대한 속내를 꺼내 놓곤 했는데 그럴 때면 시어머니는 김매던 호미질을 멈추고는 한숨을 '푸우'하며'어쩨 그럴까'하고 안타까워했다.

남편은 회사에서 나와 부모님을 모시고 병원으로 향했다. 지숙은 집 안을 정리하고 가스렌지에 물이 다 끓기를 기다리고 있다. 냉장고 안에 남은 찬거리가 무엇이 있나 뒤지고 있을 때 전화벨이 울렸다.

"아버지 물리치료가 다 끝나가니까 빨리 엄마 모시고 와."

"뭐? 엄마 병원에 함께 가시지 않았어? 같이 나갔잖아."

"무슨 소리야?"

"아까 당신 나갈 때 같이 나가셨는데 그럼 어디 계시지? 알았어. 일단 끊어. 찾아볼게."

지숙은 외투를 걸치고 아직 채 끓지도 않은 물 주전자가 놓인 가스버너를 잠그고 서둘러 밖으로 나갔다. 한참을 찾아보았지만 어머니는 보이지 않았다.

지숙은 사거리까지 나가 서서 두리번거렸다.

'어디로 가신 거야. 몸도 성치 않은 분이... 길도 잘 모르는데.'

지숙은 속이 타들어 갔다. 집에 들어와 휴대폰을 찾아들고 파출소에 신고를 하고 다시 찾으러 나갔다.

휴대폰이 울렸다.

"엄마 찾았어?"

"아니, 아직. 경찰에 신고는 했어."

병원에 간다고 나간 지가 한 시간은 족히 넘었는데 어디서 헤매고 계시는 걸까.

지숙이 시집와서 지금까지 어머니는 건강해 보인 적이 몇 해 되지 않았다. 적어도 2년에 한 번씩은 크던 작던 수술을 했다.

지숙은 잘해드리건 못해드리건 마음이 무거웠고 힘이 들었다. 어머니가 뇌출혈로 쓰러져 병원에 입원하실 때의 모습은 상상하기도 싫을 만큼 안타까웠다.

전화를 받고 지숙의 부부가 찾았을 때 어머니는 아무런 보살핌을 받지 못하고 얼마나 부대꼈는지 눈동자는 거의 풀리어 힘이 없고 입술이 터져있었다. 겨우 내뱉은 말은 흐물흐물 침과 함께 흘러버렸다.

당신의 몸이 아픈 중에도 아버님의 성화에 밭에 나가 일을 하던 어머니는 힘이 들어 밭둑에 누워있다 집에 돌아왔다.

그런 다음 날에도 시아버지는 병원에 데려갈 생각을 미루고 밭일을 걱정하며 아픈 아내를 집에 홀로 두고 일을 나가셨다.

수술 후 어머니의 몸은 대부분이 마비되어 버렸다. 고개를 끄덕이는 것은 물론 말조차 할 수 없는 상태였지만 서너

달이 지나면서 점점 회복하기 시작하자 병원에서는 퇴원하라고 했다.

퇴원 후 지숙은 한방과 양방을 하루씩 걸러 번갈아가면서 모시고 가서 치료를 받게 했다. 시어머니는 점점 상태가 호전되어 오른쪽 팔과 다리는 정상으로 회복이 되었다. 하지만 지팡이를 짚고 걷다가도 한참을 서서 쉼을 얻어내고야 다시 걷곤 하셨다.

'도대체 어디까지 가셨을까.'

그때 손에 들고 있던 휴대폰 소리가 들렸다. 지숙은 얼른 폴더를 열었다. 모르는 번호다.

"실종신고 하신 분 맞습니까?"

"네. 어머니 찾았어요? 우리 어머니?"

"맞는 것 같습니다만, 몸이 불편하시고 지팡이를 짚고 계시네요."

"아. 거기가 어디에요? 네. 네. 바로 가겠습니다."

어머니는 두 블록 떨어진 유치원 건물 앞 버스정류장 의자에 앉아 계셨다. 지숙을 보자마자 어머니는 상기된 빨간 얼굴을 내보이며 지숙의 손을 잡으려 했다.

젊은 경찰이 지숙에게 집이 어디냐고 물었다.

"여기서 두 블록 가면요."

"모셔다드리겠습니다."

젊은 경찰의 호의를 거절할 상황이 아니라 생각했다.

"고맙습니다."

남편에게 전화를 걸었다.

"엄마 찾았어."

"그럼 병원으로 모시고 와."

마치 자기만 애가 탔다는 듯한 남편의 싸한 목소리가 전해졌다.

지숙은 따뜻하게 데운 물을 찬물과 섞어 어머니께 드렸다. 어머니는 그제야 안도의 숨을 내쉬며 지숙의 얼굴을 보며 빙그레 웃었다.

"엄마, 택시라도 타지 왜 그러고 계셨어?"

"돈이 없는데?"

"어떻게 돈이 없어? 밖에 나올 때도 아버님이 돈 안 줘요?"

"너는 알면서 그런 걸 물어."

칠순이 넘도록 시아버지는 아내에게 십 원짜리 하나 주신 적이 없었다.

심지어 읍내에 나가 장을 보는 것도 당신이 손수 했고, 무엇이든 아내가 필요하다는 것은 당신이 판단해서 사고 말고를 결정했다.

그에 비하면 지숙은 남편 월급 관리를 자신이 하고 가계를 꾸려나가는 것은 자신의 몫이어서 남편이 그 부분만큼은 아버지를 닮지 않아 다행이라 여겼지만, 매월 한 번씩 가계부를 들여다보며 불평을 늘어놓다 마침내는 부부싸움으로 번지곤 했다.

그럴 때면 가계부를 남편에게 관리하라고 밀어주었지만

삼일도 지나지 않아 다시 넘겨주곤 했다.

"엄마, 병원 가게 일어나셔요."

"어, 어."

부축을 하자 어머니는 지숙을 보며 미소를 지었다.

"엄마는 화 안 나요? 나한테도 화 안 나? 애들 아빠나 아버님한테도 화 안 나? 엄마한테 신경도 안 썼는데 화가 안 나냐구요."

"내가 걸음을 잘 못 걸어서 그런 건데 내 탓이지."

"엄마, 이제는 아버님께 어디 가든지 어머니 수중에 몇만 원이라도 꼭 달라고 하세요."

"알았다."

"뭘 알아. 또 말씀도 안 할 거면서. 내가 아버님께 말씀 드릴게요."

"관둬, 내가 할게."

토요일 오후 지숙은 시장에 가기 위해 서랍에서 지갑을 꺼내 들었다. 시부모님이 다녀가시고 한동안 장을 보지 않았지만 오늘은 모처럼 아이들과 남편이 좋아하는 아귀찜을 해야겠다고 마음먹었다.

땡똥 땡똥 땡똥.

초인종이 요란하게 울렸다. 거실에 텔레비전을 틀어 놓고 배를 깔고 엎드려 신문을 보던 남편이 소리를 질렀다.

"밖에 누구 왔다. 나가 봐."

지숙은 방문을 열고나가 인터폰을 확인했다. 옆집 여자다. 비쩍 마른 몸매에 신경질적인 그녀와는 가끔씩 지나가다 마주치면 눈인사 정도만 하는 사이다.

"아, 네. 잠깐 만요."

"아니, 이 집에 고양이 키워요?"

옆집 여자는 다짜고짜 볼멘소리를 냈다.

"아뇨?"

"옥상에 키우지 않아요? 옥상에 한 번 가보세요. 고양이 똥을 치우지 않아서 파리가 우리 집까지 날아들고 난리란 말야. 아이 지저분해."

몇 마디를 툭 던져 놓고 횡하니 돌아서는 옆집 여자가 멀어지는 뒷모습을 바라보다 서둘러 옥상으로 올라가 보았다.

며칠 전까지 없었던 종이상자가 물탱크 옆에 놓여있었고 상자 앞에는 하얀 사기그릇에 사료가 조금 남아있었다. 종이상자 주변에는 고양이 똥이 지저분하게 흩어져있었다.

"대체 이게 어떻게 된 일이지?"

영문을 알 수가 없었다. 이 층으로 내려가 세 들어 사는 새댁네 문을 두드렸다.

아무런 응답이 없었다. 다시 내려와 들통에 물을 담아 빗자루와 쓰레기봉투를 들고 올라가 청소를 했다.

"대체 누가 여기서 고양이를 기르는 거야."

지숙은 분주하게 서두르며 저녁 식탁을 차렸다.

"와 아구찜이다."

"오랜만에 아구찜을 먹네. 당신도 어서 앉지? 소주도."

지숙이 냉장고에 넣어 둔 소주를 꺼냈다. 모처럼 아이들과 함께 식사를 하니 식탁이 꽉 찬 느낌이었다. 고3인 딸아이와 고1인 아들 녀석은 아빠가 수저를 들자 허겁지겁 먹기 시작했다.

"음, 맛있어."

맛있는 걸 먹으면 어깨를 흔드는 버릇이 있는 딸아이는 어깨를 흔들흔들했다. 아들이 이에 질세라 정말 맛있다면서 고개를 크게 끄덕거렸다.

지숙은 웃으며 반사적으로 남편의 얼굴을 바라보았다. 남편의 얼굴이 굳어져 있었다.

"아니 내가 그렇게 맵게 하지 마라 했는데 왜 내 말을 안 듣는 거야? 내 말이 말 같지 않아?"

아들이 먹으려던 동작을 멈추고 빈 젓가락만 입에 넣고 있다. 딸아이는 분위기를 무시하고 그냥 계속해서 먹고 있다.

"그게 아니고 고춧가루를 평소보다 적게 넣었는데 고춧가루가 워낙 매웠나 봐."

"그걸 지금 말이라고 하나? 고춧가루가 매우면 덜 매운 것 사다 섞던지, 매운 음식이 몸에 좋지 않다고 몇 번을 말했어. 에잇."

남편은 식탁에 젓가락을 탁 소리 나게 내려놓고 주방을 나가 버렸다.

"아구찜이 매워야 맛있지. 맛있기만 하구만."

딸아이가 낮은 소리로 말하자 아들 녀석은 더 낮은 소리로

"맞아."

지숙은 무언가 죄를 지은 기분이 들어 수저를 들지 못했다.

"엄마도 먹어."

딸아이가 엄마 편이라는 듯 미소를 지어 보였다. 지숙은 그저 식탁에 앉아 아이들이 먹는 모습만 바라보고 있었다. 딸아이가 젓가락을 아귀찜 그릇으로 가져가고 있는 사이 남편이 갑자기 나타났다.

"너희들도 먹지 마. 매운 거 많이 먹어 좋을 거 없다."

남편이 아귀찜 그릇을 싱크대 하수구에 쏟아버렸다. 그리고는 씩씩거리며 주방을 나가더니 현관문 여닫는 소리가 났다.

"자기만 안 먹으면 그만이지 왜 우리까지 못 먹게 하고 그래. 엄마 남은 거 없어?"

딸아이가 볼멘소리를 했다.

"응. 으응..."

아이들은 각자 방으로 들어갔다. 지숙은 설거지를 마치고 식탁에 앉았다. 보리차를 끓이던 주전자에서'삐'소리가 났다.

지숙은 가스 불을 끄고 티백으로 된 보리차 찌꺼기를 꺼내 건조기 고리에 매달린 다 마른 보리차 찌꺼기를 빼내고 거기에 걸어 두었다.

마른 찌꺼기를 선반 위에 놓여있는 플라스틱 통 속에 집어넣었다. 플라스틱 통 속에는 보리차를 끓이고 난 찌꺼기 티백이 반쯤 차 있었다.

보리차는 아이들도 지숙도 마시지 않는다. 아이들에게 마실 기회를 준 적도 없다. 남편은 집에서도 회사에서도 보리차를 즐겼다. 보온병에 보리차를 담고 선반에 플라스틱 통을 올려놓은 다음 뒤 베란다에 있는 쓰레기가 가득 찬 쓰레기봉투를 들고 나가 대문 앞 전봇대에 기대어 두었다.

지숙은 집으로 들어가지 않고 동네 작은 공원으로 향했다. 가슴팍으로 달려드는 차가운 바람 때문에 어깨를 움츠리며 점퍼 자크를 올렸다.

고양이 한 마리가 앞에서 어슬렁어슬렁 걸어가고 있었다. 고양이는 벽돌담을 지나더니 모서리에 등을 비볐다. 그리고는 다시 꼬리를 꼿꼿하게 세우고 걷다가 공터에 길게 자란 풀잎을 툭툭 건드리고 있다.

지숙은 무심코 고양이가 하는 짓을 지켜보며 멈추었다가 고양이가 걸으면 다시 뒤따라갔다. 고양이는 마치 지숙이 가는 길을 알고 안내라도 하는 듯 공원에 이르러서는 미끄럼틀 아래의 모래 위에 드러누웠다.

설마 고양이의 목적지가 여기겠지.

지숙은 고양이가 있는 곳과 가까운 벤치에 앉았다. 벤치에는 금방 누군가 다녀갔는지 온기가 남아 있었고 담배꽁초가 두 개 의자 밑에 눌러져 있었다.

고양이는 공원 가운데에 세워진 가로등에 아까처럼 등을 비비고 나서 땅으로 꽂아 내리는 불빛을 건드리며 놀고 있다.

고양이는 하얀 바탕에 머리 정수리 부분과 등과 엉덩이

186

부분만 갈색인 털옷을 입었다. 고양이가 이번에는 지숙이 앉아있는 벤치 가까이로 천천히 걸어왔다.

지숙은 더 이상 물러서거나 두려워하지 않았다. 손을 내밀어 입안에서 혀를 쭈쭈하고 소리 내어 고양이를 불러 보았다.

'고양이를 부를 땐 어떤 소리를 내야 하나.'

그 때 고양이는 더 가까이 다가왔지만 지숙은 손을 뻗어 고양이를 만질 마음까지는 아직 아니다. 고양이가 바닥에 누워 뒹굴었다가 일어나 제 그림자를 쫓으며 빙글빙글 돌았다.

달빛이 나뭇가지 사이를 뚫고 고양이를 비추고 있었다.

지숙은 달빛이 연기하는 고양이를 비추고 있는 무대 위의 조명 같다고 생각했다. 고양이는 단 한 사람뿐인 관객을 위해 연기를 하고 있다. 한참을 고양이에게 넋이 빠져 있던 지숙은 한기가 들어 자리에서 일어났다.

지금 들어가면 남편은 잠이 들어 있을 것이다.

힘없이 터벅터벅 걷고 있는데 고양이가 다시 앞질러 갔다. 한 블록을 지나도록 앞서가던 고양이는 집 앞에 다다르자 대문과 분리되어 이 층으로 난 계단 옆 담장 위로 뛰어 올라가더니 어디론가 사라져 버렸다.

지숙은 낮에 있었던 신경질적인 옆집 여자가 찾아와 한바탕 소란을 벌였던 생각이 나서 이 층으로 올라갔다. 이 층 새댁 집에는 불이 켜져 있었다. 지숙은 초인종 누르지 않고 작은 소리로 현관을 두드렸다.

"사모님, 어쩐 일이세요?"

"미안해요. 밤도 늦었는데. 한 가지 물어볼게 있어서, 혹시 새댁 고양이 키워요? 옥상에 누군가 상자를 갖다 놓고 사료를 준 흔적이 있어서."

"아, 예. 키우는 건 아니고 애 아빠가 길고양이들이 가엾다고 겨울 동안이라도 지내게 해 준다고, 죄송해요. 그러면 안 되죠?"

"아니, 뭐 안 될 거는 없지만, 아니 괜찮아. 신랑이 참 마음씨가 따뜻한 사람이네. 그런데 며칠 어디 다녀왔었나 봐요. 옥상에 고양이 똥 때문에 파리가 끌어 옆집으로 날아다닌다고 옆집 아줌마가 와서 한바탕 했거든. 그런데 한, 두 마리가 아니어서 문제이기는 하네."

"네. 친정에 다녀왔어요. 그런데 사모님이 청소해 놓으셨군요. 죄송해요."

"으응, 아니 뭘 괜찮다니까. 나도 고양이 좋아해. 잘 자요."

지숙은 계단을 내려오며 '지금 내가 무슨 말을 한 거야' 하고 피식 웃었다. 싫은 것과 익숙해져야지. 그런 생각을 한 걸까.

지숙은 다음날 퇴근길에 서점에 들러 '고양이 기르기'라 써져있는 책을 샀다. 시장에 들러 간단한 찬거리를 산 후 고양이 사료도 한 봉지 샀다.

집에 도착하자마자 쇼핑백을 현관 앞에 놓고 옥상으로 올라갔다. 종이상자 옆에 사료를 두고 옥상을 둘러보았지만 고양이는 한 마리도 없었다.

마당에 들어서자 전화벨 소리가 들렸다. 지숙은 허겁지겁 뛰어들어 가 전화수화기를 들었다. 다행히 남편의 전화가 아니라 시아버지의 전화였다.

"네. 아버님. 저녁 식사는 하셨어요?"

"오냐. 그런데 네가 알고 있어야 할 것 같아서 전화했다."

"무슨 일 있으세요? 말씀하셔요."

"네 엄마가 아무래도 이상하다. 어저께부터 알아들을 수 없는 말을 해대고 힘도 없고 밥도 안 먹어서 읍내 병원에 갔더니 큰 병원에 가보라고 한다."

"그래요? 어제 바로 전화하시지 그랬어요. 엄마는 어떻게 하고 계세요?"

"그냥 누워있다."

"애들 아빠 오는 대로 모시러 갈게요. 준비 좀 하고 계세요."

"알았다."

남편의 퇴근 시간이 다 되어가긴 했지만 지숙은 초조한 마음에 전화를 걸었다.

"어, 왜? 거의 다 도착했어."

"어, 그래. 그럼 빨리 와. 시골집에 가야 해. 엄마가 많이 편찮으신가 봐."

많은 보호자들이 중환자실 문 앞에서 초조하게 기다리고 있었다. 문이 열리더니 나이 지긋한 여 간호사가 나와서 가족 중 한 사람씩만 들어가라고 했다.

남편이 지숙에게 들어가 보라고 눈짓을 했다. 어차피 간호할 사람은 지숙 자신이니 잘 알아두라는 뜻 같았다. 중환자실 안으로 들어가자 환자들은 사, 오십 개나 되는 침상 위를 각각 하나씩 차지하고 있었다.

보호자들은 자신들과 연관된 환자를 찾아 침상 옆을 차지했다. 아무런 말을 하지 않고 환자의 손과 얼굴을 닦아주는 사람. 환자가 알아듣던지 말던지 독백처럼 낮은 소리로 이야기하는 보호자도 있다.

지숙의 바로 옆에서도 젊은 엄마가 누워있는 아기를 보며 뭐라 중얼거리고 있다.

지숙은 의식이 없는 어머니를 바라보았다.

"엄마. 많이 힘들었지?"

조용히 말을 걸어보았다. 어머니는 아무런 대꾸도 하지 않았다. 의식이 없었다. 구겨진 은박지 같은 얼굴과 연갈색 검버섯이 손등에 부풀어 올라 있었다. 세월의 날짜만 세고 있는 어머니는 삶과 등을 맞대고 있는 주검처럼 누워서 산소 호흡기만을 의지한 채 가슴이 미세하게 들썩거리고 있다.

어머니. 나는 당신처럼 살 수 없을 것 같아. 나는 당신처럼 살지 않을 거야. 알지? 지숙은 마음속으로 몇 번이고 다짐했다.

병실을 분주히 왔다 갔다 하는 간호사들과 보호자들의 중얼거리는 소리, 병실 내의 기계장치들이 작동하는 소리들은 당신의 침묵쯤은 배신해도 된다는 듯 시끄럽기만 했다.

준비해 간 물수건으로 시어머니의 몸에 묻어 있는 소독약과 피로 얼룩진 얼굴을 닦아내고 손발을 닦았다. 여기저기에서 환자들의 신음소리가 들려오고 어떤 환자는 아파서 소리를 지르기도 했다.

지숙의 옆에 있는 어린아이는 온몸이 퉁퉁 부어 물에 불은 마시멜로처럼 보였다.

아이의 얼굴에는 산소공급을 위한 코 줄이 코에 끼워져 있고 줄을 고정하기 위한 반창고가 양 볼에 하나씩 붙어있다. 이마에는 링거를 매달은 줄이 연결되어있다.

아기의 엄마는 아기의 손을 매만지며 연신 눈물을 찍어내고 있었다.

아기의 엄마와 지숙의 눈이 마주쳤다.

"몇 개월 됐어요?"

"오늘이 3개월 되는 날이예요."

"그런데 어쩌다가, 어디가 아파서..."

"우유가 폐로 들어가서 이리됐어요."

아기 엄마는 다시 눈물을 쏟아내기 시작했다.

"그만 울어요. 엄마가 힘을 내면 아기도 힘을 내어 빨리 나을 거예요."

아기 엄마는 눈물을 닦아내며 "어머니세요?"하고 물었다.

"네. 시어머니요."

지숙은 짧게 대답하고 다시 시어머니에게로 시선을 돌렸다. 침상 위의 구겨진 하늘색 담요를 바로 펴고 기저귀를 바꿔 채웠다.

나이가 지긋한 간호사가 다가와 준비물이 적힌 종이를 건네고 갔다. 각 휴지, 물티슈, 기저귀, 환자용 물컵이라 적혀있고 그 밑으로는 면회시간을 알리는 글이 적혀 있었다. 오전 면회시간 10시부터 10시 20분. 오후 면회시간 3시부터 3시 20분.

잠시 후, 간호사 한 명이 돌아다니며 면회종료시간이 되었음을 알렸다.

"응. 딸, 잘하고 있어? 서울 사니 좋니? 학교생활은 재밌어? 그래? 다행이네. 응. 응. 엄마? 지금 할머니 병원. 그래 알았어. 아빠? 괜찮아 걱정 마, 아고 딸, 네 걱정이나 하세요. 병원 다 왔다 끊자 또 전화해. 사랑해."

지숙은 딸아이가 '나도' 하는 소리를 듣고 웃으며 전화를 끊었다. 병실 문을 열자 동서 서영이 지숙의 팔을 잡아끌어 당겼다.

"수고 많았지? 엄마, 저 왔어요."

서영은 지숙과 시어머니의 인사가 빨리 끝나기를 기다렸다는 듯이

"형님, 많이 기다렸어요. 어머니가 기저귀를 갈지 않으려 하세요. 형님만 기다리고 있나 봐요."

수술 후 어머니는 말조차 할 수 없는 상태였지만 두 달이 지나면서 좋다거나 싫다거나 어눌하긴 하지만 말로서 의사 표현까지 하고 최근에는 오른팔과 오른쪽 다리도 조금씩 움직일 수 있게 되었다.

"엄마, 오늘 똥 쌌어요?"

지숙이 얼굴을 어머니의 얼굴 가까이에 데고 웃으며 묻

자 얼굴을 찡그렸다.

"안 되겠다. 오늘은 관장이라도 해야겠는데. 엄마 그럴까?"

시어머니는 며느리를 바라보며 고개를 끄덕거렸다.

"와 형님 어머니가 형님만 왜 찾는지 알겠네요. 제가 기저귀 갈고 시트 좀 갈아 드리려고 하는데 한사코 싫다는 거예요. 전 못 믿겠나 봐요. 하하"

"그러니 내 팔이 남아나겠어? 간병인이 있어도 꼭 내가 와야 변을 보시니 암튼 못 말리신다니까."

"간호사실에 가서 관장 준비 좀 해 달라고 해."

"네 형님."

서영은 무엇이 신이 나는지 콧노래를 부르며 병실을 나갔다.

"엄마. 배 아프지 않아? 배가 이렇게나 부른데."

"힘들어."

지숙은 손바닥으로 불룩한 시어머니의 배를 매만졌다.

"엄마 배는 똥배."

서영의 뒤를 따라 간호사가 관장에 쓸 물건들을 챙겨왔다. 지숙은 침대 위로 올라가 시어머니의 몸을 옆으로 눕게 했다. 간호사가 관장액을 주입하고 나서 20분 동안 항문을 틀어막고 있으라 하며 나갔다.

"동서도 나가 있어. 아무도 못 들어오게 하고."

비닐장갑을 끼고 시간이 되자 항문 안쪽까지 윤활유를 발랐다.

"엄마 됐어 힘줘봐."

"아, 안 되겠다. 엄마 내가 그냥 꺼낼게. 긴장하지 말고 응?"

지숙의 손가락 끝에 딱딱한 변이 만져졌다. 단단한 조약돌처럼 굳어진 크고 작은 변 20여 개가 나오고 나서야 시어머니는 됐다고 했다.

"됐어. 동서 들어와."

"다 됐어요? 와 어머니 시원하시겠어요."

"이것 좀 처리해줘. 손 좀 씻고 와서 기저귀랑 시트 갈아야겠다."

"네. 형님 저랑 같이해요."

2인 병실 안에는 어제까지 있었던 환자가 퇴원해서 널찍하니 쓰기 편해졌다. 또 언제 환자가 들어올지는 모르겠지만. 시트를 바꿔 깐 후 감자와 요구르트를 먹여드리고 가글을 시켜드리자 어머니는 한결 얼굴이 밝아지셨다.

연분홍색 바탕 위에 연녹색 담쟁이넝쿨 무늬를 한 벽지가 발라진 벽면 가운데 놓인 냉장고 위에는 나무로 된 선반에 텔레비전이 올라 앉아있다.

어머니는 고개를 들어 텔레비전을 보다가 곧 잠이 들었다.

지숙은 밖으로 나왔다. 병원 앞 편의점에 들러 맥주 캔두 개와 편의점 옆에 있는 꼬치 집에 들러 한 개 천 원짜리 닭꼬치 두 개를 샀다.

지숙은 간호사실 앞을 조심조심 지나쳐 병실로 들어왔다.

"한잔 하자."

지숙이 캔을 따서 서영에게 건넸다.

"이건 너와 나만 아는 비밀이다."

"건배. 크크."

둘이는 서로 마주 보며 웃었다.

지숙은 단숨에 맥주를 들이켰다.

"형님 맥주가 정말 맛있어요."

서영이 몇 번을 반복해서 말했다.

"그지?"

지숙과 서영은 열한 살 차이다. 세상 물정을 몰라 가끔은 철부지처럼 보이긴 하지만 서영은 지숙을 잘 따랐다. 시어머니가 병원에 와 있는 동안도 매일 전화를 해서 지숙의 수고에 미안하다며 격려하곤 했다.

서영은 어린 딸아이를 친정 부모님께 맡겨 놓고, 간병 비를 줄여 보겠다고 일주일 휴가를 얻어 와주었다.

"형님, 병원비 많이 나왔죠?"

"응. 좀. 중간 정산은 했는데. 앞으로도 얼마간 계셔야 할지 모르니까."

"그러게요. 언제까지 입원해 계셔야 할까요."

"글쎄. 아직 의사도 말을 안 해 주네. 또 퇴원한다 해도 어차피 이젠 집으로 모시긴 힘들 것 같아. 요양병원에 모셔야지."

"그러니까요. 형님도 회사에 나가야 하고 어차피 간병인을 써야 하니까. 아무튼 형님한테는 항상 미안해요."

"뭐가, 그런 말 마. 동서도 회사 다니랴, 주말에는 아버님 찾아뵈느라 힘들 텐데. 마찬가지지."

"아버님 좀 너무 하시다는 생각이 들어요."

195

"뭐가?"

"아시잖아요. 당신밖에 모르신단 거."

"뭐 어제오늘 일이야?"

"글쎄 저번 주말에 시골에 갔을 때요. 정말 밉더라고요."

지숙이 얼굴을 가까이 데자 서영은 모기만 한 소리로 말했다.

"어머니 저러고 있는 게 사실 아버님 탓도 있잖아요. 그런데 돈 많이 들어간다고 빨리 죽던지 퇴원을 하던지 농사철 다가오는데 밥해 줄 사람 없다고 걱정하는 거 있죠?"

"진심이겠어? 그냥 하는 소리겠지."

"그냥 하는 소리래도 밉잖아요."

"그건 그래. 어서 자라. 저 침대에서 자. 화장실 좀 다녀올게."

지숙이 다시 병실에 들어오자 누워있던 서영이 눈을 뜨더니 다시 눈을 감았다.

"형님 안녕히 주무세요."

"그래 잘 자."

지숙은 간이침대에 누웠다가 잠이 오지 않아 다시 일어나 앉았다. 병원 밖은 온통 암흑이다. 저 어둠이 나를 삼켜버리면 그대로 녹아 스며들 것 같다. 지숙은 유리창에 비친 표정 없는 모습을 한동안 멍하니 바라보다 일어섰다. 병원 앞마당은 병원에서 새어 나온 불빛과 주차장으로 향하는 가로등 불빛이 환하게 비추고 있었다.

'냥이들은 어디 갔을까? 있는 데도 내가 못 봤나?'

지숙은 휴대폰을 꺼내 아들에게 전화를 걸었다.

"웅아. 아직 안 잤어?"

"응. 엄마. 낼 시험이라 공부하고 있었어. 엄마 괜찮아? 피곤하지?"

"응. 엄만 괜찮아. 아빠 자니?"

"응."

"그럼 손전등 갖고 옥상에 좀 가볼래? 며칠째 냥이를 못 본 것 같아 엄마가 사료도 안 챙겨 줬는데."

"크크, 엄마, 냥이는 잘 있어. 내가 아까 사료 가져다가 그릇에 부어 놓고 왔어. 걱정 마."

"정말? 잘했다. 울 아들. 그럼 조금만 하고 너도 어서 자. 엄마 낼 갈게."

"응. 엄마두 잘 자."

토요일 오후에는 시누이가 병원으로 찾아왔다. 지숙이 서영을 데리고 집으로 돌아왔을 때 냥이는 마당에 있었다.

"냥이야."

발코니 아래에서 바닥에 배를 깔고 누워 있던 냥이가 앞다리를 쭉 펴며 일어났다. 지숙은 고양이에게 다가가 등을 쓰다듬었다.

"잘 있었어?"

"우와. 형님, 고양이 키우세요?"

"아니 내가 키우는 게 아니고. 그냥 이웃이야. 애는 옥상에 살아. 애들 아빠는 몰라. 고양이를 싫어하거든. 나도 싫어.

아니 무서워했었는데, 이젠 참 예뻐. 나보다 나은 것 같아."

"무슨 말씀이에요? 고양이가 형님보다 낫다니?"

"하하. 그런 게 있어."

지숙이 일어나자 냥이는 지숙의 발밑으로 와서 지숙의 다리에 기대더니 뒹굴기 시작했다.

"어머나, 귀여워라. 고양이가 형님을 되게 좋아 하나 봐요."

"자기 좋아하는 줄 아니까. 고양이나 개는 자기를 좋아해 주는 사람을 절대 배신 안 한대. 사람보다 백배 낫지."

지숙은 밀린 집안일을 마치고 서영과 함께 목욕탕에 갔다. 삼십을 갓 넘긴 서영은 군더더기 하나 없이 날씬한 몸매를 가지고 있었다. 뽀얀 피부에 밥공기만 한 가슴과 잘록한 허리, 허리를 감싸 받히고 있는 볼록한 엉덩이가 탐스러웠다.

'젊으니 부럽다.'

서영은 냉탕과 온탕을 오가며 오랜만에 피로를 푼다며 즐거워했다.

"이리 와. 등 밀어줄게."

서영이 아이처럼 등을 내주었다.

"형님. 저 내려가도 마음이 안 편해요."

"알아. 걱정 마. 어떻게든 다 살아지겠지."

"형님 건강 잘 돌보셔야 해요. 형님 쓰러지면 이 집구석은……,"

"훗. 잇몸으로 살겠지."

"그래도 아주버님이 참 자상하셔서 좋겠어요. 아주버님

보면 말없이 잘 도와주시는 것이 멋있어 보이세요."

"그래?"

지숙은 서영이 하는 말에 동의하지 않았다. 서영은 뭔가 궁금한 낯빛으로 돌아보았다.

일과를 마친 지숙은 회사에서 따라 나온 박 실장과 함께 시장에 들러 오리 한 마리를 샀다. 저녁 찬거리를 준비하러 나온 사람들로 시장은 붐비기 시작했다.

서둘러 시장통을 빠져나오자 박 실장이 발길을 멈추더니 지숙을 정면으로 바라보며 고개를 가로저었다.

"언니, 집까지 태워줄게. 짐이 너무 무겁겠다."

"아냐. 택시 타고가면 돼. 애들 기다리잖아 어서 가."

박 실장의 호의를 거절하고 택시를 탔다. 그녀는 작은 아이 임신 중에 남편의 무능력과 고부간의 불협화음으로 이혼을 하고 두 아이를 기르면서도 씩씩하게 살아가고 있는'싱글 맘' 이다.

엄마가 퇴근하기만을 학수고대하는 아이들을 걱정하는 그녀에게 집까지 태워 달라 하기는 미안한 일이다. 휴대전화가 주머니 속에서 울리는 진동 때문에 잠시 몸을 움찔했다.

"네 선생님. 왜요? 무슨 일 있나요?"

"아니, 별일은 아닌데 오늘은 좀 일찍 오셨으면 해서요. 어머니가 오늘 하루 종일 울기만 하셔요."

"알았어요. 곧 갈게요."

"아저씨, 미안한데 한국병원으로 가주세요."

지숙이 병실에 들어서자 시어머니는 '아고, 아고' 곡소리를 내며 통곡을 하고 있었다.

"엄마, 저 왔어요. 왜, 왜 울어요."

"아고, 보고 잡어라. 보고 잡어라."

쉽게 그칠 울음이 아니었다. 지숙이 어머니의 손을 끌어당겼다.

"엄마, 누가 보고 싶어? 엊그제 고모들도 다녀갔는데. 누가? 아버님 보고 싶으세요?"

"우리 동생 보고 싶다. 서현이 보고 싶다. 아고, 아고."

"엄마, 외삼촌한테 전화해 줄게 그만 울어. 많이 울면 머리 아프잖아. 도련님한테 전화해서 내일 서현이도 데리고 오라고 그럴게. 알았지?"

지숙의 말이 끝나자 시어머니의 울음소리가 점점 수그러들더니 울음을 그치고 지숙을 바라보았다.

"아유, 하루 종일 우시더니 며느님이 와서 한 방에 해결해 버리네요. 하하하."

"어머니 식사는 좀 하셨어요?"

지숙은 간병인의 대답을 기다렸다.

"네. 점심은 잘 드셨는데. 저녁은 한술 뜨시다가 계속 우시느라고......,"

"저기 죄송하지만 병원 정문 옆에 죽 집이 하나 있던데 아시죠? 제가 급히 오느라 아무것도 준비를......,"

"네. 사다 드릴게요. 아무튼 사모님처럼 효부는 본적이 없어요. 어머니 퇴원하시면 며느리한테 잘해 주셔요. 하하하."

간병인은 침대 밑에 있는 쇼핑백을 보고 지숙이 시장에서 바로 온 것이라 짐작한다는 표정을 지으며 병실을 나갔다.

지숙의 휴대폰이 울렸다.

"네. 아니 병원. 응. 엄마가 외삼촌이 보고 싶은가 봐. 종일 우셨다고."

"나 오늘 늦어. 회사에 사고가 생겼어."

"알았어."

"아, 시팔. 병원도 가야 하는데."

지숙은 아무 대꾸도 하지 않았다. 요즘 들어 몸이 부쩍 피곤하다 하는 남편이다. 이제야 서서히 몸에 이상이 오기 시작한 걸까.

지숙은 전화를 끊고 시어머니를 돌아보았다.

"애들 아빠네요. 엄마, 외삼촌께 전화 해 드릴까?"

시어머니가 고개를 끄덕이는 걸 보고 지숙이 휴대전화 주소록을 뒤졌다.

지숙은 무거운 쇼핑백을 바닥에 부려 놓고 소파에 털썩 널브러졌다.

아직 남편은 들어와 있지 않다. 무슨 사고인지 묻지는 않았지만 전화 목소리의 느낌이 인사사고 일 거라 짐작했다.

지숙은 쇼핑백을 주방으로 갖고 들어가 냉장고에 정리를 한 뒤 다시 거실로 와서 컴퓨터를 켰다. 가방에서 파일을 꺼내 책상 위에 올려놓았다.

지숙은 5년 전부터 여행사에서 관광객들이 순회할 관광

지나 숙박. 음식점 등에 관한 수배업무를 맡고 있다. 결혼 전 여행사에 다닌 근무경력이 있어서 지인의 소개로 얻은 일자리였다.

보수는 그리 많지 않았지만 결혼 초부터 직장생활을 반대하던 남편의 허락을 어렵게 얻어 낸 일자리다. 몇 배나 더 부지런을 떨어야 했지만 어쩌다 남편의 불만인 놀고먹는 식충이라는 꼬리표를 떼기에는 충분했다.

지숙은 파일에 적힌 내용대로 인터넷에서 호텔과 식당을 찾아 메모를 했다.

"아."

뻐근한 목을 주무르며 주방에서 커피한 잔을 타서 머그 잔의 따뜻한 온기를 손으로 감싸고 의자에 기대어 앉았다.

정면으로 보이는 시계가 한 시를 가리키고 있었다. 눈이 저절로 스르르 감겼다. 베란다 창에서 두 개의 파란 불빛이 지숙을 노려보고 있었다.

지숙은 겁내지 않고 불빛 앞으로 천천히 다가갔다.

지숙을 노려보는 커다란 검은 고양이는 미동도 하지 않았다. 고양이의 한쪽 입꼬리가 살짝 말려 올라가더니 지숙을 바라보며 비웃었다.

"네가 뭘 안다고 그래."

하지만 고양이는 꿈쩍도 하지 않고 계속해서 지숙의 눈을 뚫어지게 노려보며 입을 벌렸다.

"내가 네 속을 모를 줄 알아?"

지숙은 검은 고양이와 타협하고 싶다는 간절함을 전해

주려고도 했지만 가슴이 답답해 오기 시작하고 울화가 치밀었다.

"내가 얼마나 더 해야 하는데?"

버럭 소리를 질렀다. 그러자 검은 고양이는 호랑이처럼 입을 쩍 벌리며 '이야아아옹' 하고 달려들었다.

지숙이 놀라 들고 있던 커피 잔을 떨어뜨렸다. 주위를 둘러보며 한숨을 내 쉬었다. 다리에 힘이 빠져 일어날 수가 없었다. 바닥에 쏟아진 커피 물이 거실에 깔려있는 카펫 쪽으로 흘러들어 가고 있었다. 허겁지겁 기어가서 카펫을 접어놓고 걸레질을 했다.

그 때 초인종 소리도 없이 현관문이 열렸다. 남편이 쑥 들어왔다. 몹시 피곤해 보였다. 남편의 기색을 살피며 지숙은 바짝 긴장했다. 회사에 사고가 생겼다 했지. 그런 날은 긴장하게 된다.

"여태 안자고 뭐하냐?"

"으응. 일했어."

"그까짓 거 뭐 할 일 있다고 집에까지 가져 오냐."

"무슨 사고야?"

지숙은 묻고 싶지 않았지만 왠지 남편 자신이 오늘 하루 얼마나 힘든 일을 겪었는지 물어주길 기다리는 것 같았다.

"미친놈이 엔진에서 떨어졌어. 중태야. 죽을 것 같아. 경찰 조사받고 조서 쓰고, 에이 시팔 못해 먹겠다."

남편이 안방으로 들어가더니 다시 나왔다.

"안 들어와?"

샤워를 마친 남편은 아무것도 걸치지 않은 채 침대로 파고들었다. 남편이 누워있는 지숙의 가슴을 만지다가 갑자기 옷을 벗기기 시작했다.

"안 피곤해?"

"아, 가만있어. 좀 벗고 있으면 안 되냐? 귀찮게."

창문으로 비친 나뭇가지 그림자가 바람에 흔들렸다.

'커튼을 좀 더 두꺼운 걸로 했어야 했는데.'

지숙은 커튼이 너무 얇다는 생각을 했다. 남편의 남성은 어느새 지숙의 몸속에 침입해 있었다.

"목석같이 가만있지만 말고 좀 움직여 봐. 딴 놈한테도 그러냐?"

지숙은 눈을 감았다.

'어서 끝내.'

남편이 지숙의 가슴을 아프게 쥐어짜며 일갈을 뱉어냈다. 지숙은 자신의 배 위에 쓰러져 잠이 든 남편을 옆으로 밀쳐내고 안방에 있는 욕실로 들어가 샤워기를 틀었다. 지숙의 다리를 타고 흘러내리던 하얀 정액이 물과 섞여 하수구를 찾아 들어갔다.

거울 속 여자는 멍한 얼굴을 하고 지숙을 바라봤다. 아무런 감정도 일지 않았다. 침대 밑에 떨어져 있는 옷을 주어입고 장롱에서 베개와 이불을 꺼내 들고 거실로 나왔다.

집 앞 가로등 불빛의 띠가 거실 안쪽까지 한일자로 길게 뻗어있다. 불빛의 띠를 피해 이불을 돌돌 말고 잠을 청했다.

　누군가 지숙을 흔들었다. 지숙은 잠이 덜 깬 얼굴로 눈을 어렴풋이 떴다. 남편이다.

　"들어 와. 왜 여기서 자고 그래."

　"아, 좀 나둬."

　지숙이 돌아 누웠다. 남편은 옆으로 와서 지숙을 껴안았다.

　"아이 쫌, 웅이 나오면 어쩌려고."

　지숙은 아들이 깰까 싶어 벌떡 일어나 안방으로 들어갔다. 남편은 끈덕지게 따라와 지숙의 옆에 거머리처럼 달라붙었다. 남편의 손이 다리 사이로 들어왔다.

　"좀 자게 내버려 둬. 피곤해 죽겠단 말이야."

　지숙이 남편의 손을 세차게 쳐 버리고는 돌아누웠다. 남편은 지숙의 말에 아랑곳 않고 다시 지숙을 바로 눕히려 했다. 지숙의 저항하던 손이 남편의 얼굴을 스쳤다.

　"아야."

　남편이 신경질적으로 비명소리를 내더니 지숙의 뺨을 후려쳤다.

　찰싹. 지숙의 눈에서 불꽃이 튀었다. 지숙은 충격이 너무 커서 한동안 숨을 쉴 수가 없었다. 남편이 일어나서 화장대 쪽으로 갔다.

　"이런 쌍년이, 어디 남편 얼굴에 상처를 내? 미친년, 네가 덜 맞아서 그러지. 야, 이년아. 일어나."

　남편은 억지를 쓰며 지숙의 멱살을 잡아 일으켜 앉혔다.

"어디서 오입질하고 다니느라 서방이 달라면 마지못해 하고."

찰싹. 지숙의 눈에서 또 한 번 빛이 번뜩였다. 무릎위로 붉은 피가 두둑 떨어졌다.

"이게, 엄마 병간호 좀 한다고 오냐오냐 봐 주니까 기어올라? 남편을 무시하고 말이야."

찰싹. 지숙은 울지 않으려 안간힘을 썼지만 눈물샘이 터져버린 것을 막을 수 없었다.

"그만해."

지숙이 울부짖었다.

"그만해? 야, 이년아. 너 같음 그만하겠냐? 출근하는 사람 얼굴에 손톱자국을 낸 년을?"

남편은 일어나 다시 화장대 앞에 가서 거울을 보고 화장대 아래 놓여있던 나무로 된 의자를 들어 쓰러져있는 지숙을 향해 던졌다. 의자는 지숙의 등을 때렸다. 엄청난 충격과 함께 순간적으로 정신이 나갔다.

남편은 다시 지숙에게로 와서 머리채를 잡아 일으키려 했다. 뺨을 탁탁 치며 말하는 소리가 어렴풋했다.

"야, 기절한 척하지 말고 일어나, 안 일어나?"

지숙은 가까스로 정신이 들었지만 몸을 움직일 수는 없었다.

"닭아. 이년아. 이불 더럽히지 말고."

남편은 휴지를 뽑아 지숙 앞에 던졌다. 지숙은 그대로 멍하니 앉아만 있었다. 남편은 다가와 한 웅큼 휴지를 쥐고 지숙의 얼굴을 문질렀다. 휴지는 금방 빨갛게 젖어들었다.

남편은 다시 휴지를 더 뽑아 지숙 앞에 갖다 놓았다.

"야, 이년아, 이제 회사를 어떻게 가라고 그래. 마누라한테 할켜서. 아이구 그냥 콱 시팔년, 소리 안 나는 총 있으면 쏴버리고 싶네."

남편은 지숙의 바로 앞에 앉았다. 그리고는 손가락으로 머리를 툭툭 건드리며 입을 열었다.

"야, 이년아, 좀 봐봐. 이 꼴을 하고 어떻게 회사 가라고 그러냐고? 오늘 경찰서도 가야하는데. 아이 시팔년. 흐미 환장하겠네."

남편은 다시 안절부절못하며 열을 내다가 욕실로 들어갔다. 욕실에 들어가서도 끊임없이 소리 질렀다.

"너 오늘 회사 갔다 와서 보자. 죽여 버릴 테니까."

지숙의 무거운 육신이 침대 위로 쓰러지자 침대 밑에서 무언가가 지숙의 몸을 끌어당겼다. 몸이 쇠공을 매단 것처럼 땅으로 꺼져갔다. 돌덩이 하나가 가슴을 뚫고 나오려는지 찢어지는 통증이 일었다.

욕실에서 나온 남편은 옷장을 열어 옷을 꺼내 입고는 방문을 걷어차고 나갔다. 그리고는 아들 방문 앞으로 가서 문을 두드렸다. 웅이는 이미 일어나 있었기 때문에 급히 방문을 열었다.

"웅아, 오늘 학교 버스 타고 가라."

남편은 돌아서서 현관문을 나갔다. 마치 아무 일 없었던 것처럼.

하긴 아무 일도 아니다. 한, 두 번도 아니고 신혼부터 계속 이랬으니까. 어디서부터 잘못된 건지는 모르지만, 고양이와 친숙해지듯 그렇게 친숙한 일이 되어버렸다.

"엄마, 괜찮아? 엄마, 문 열어. 엄마."

아들이 문을 두드리며 애타게 부르는 소리에 지숙은 힘껏 소리를 내었다.

"으응, 괜찮아. 어서 학교가."

"엄마, 문 열어봐. 다쳤어? 엄마."

지숙은 더 이상 입을 열 수가 없었다. 아들은 창문을 통해 안방으로 넘어들어왔다. 반사적으로 얼굴을 이불 속에 묻은 지숙의 곁으로 왔다.

"엄마. 얼굴 좀 들어봐."

"엄마 괜찮으니까 빨리 학교 가."

지숙은 아들에게 얼굴을 보이지 않으려고 엎드린 채 말했다.

아들은 욕실에 들어가 수건에 물을 적셔 왔다. 그리고는 지숙의 머리를 두 손으로 들어 올렸다. 어느새 다 자란 아들의 커다란 손에 얼굴이 힘없이 들어 올려졌다.

지숙이 아들의 얼굴을 바라보았다.

"미안해. 아들."

"으아!"

아들은 비명을 지르더니 굵은 눈물을 쏟아내고 있다.

"엄마, 병원 가자."

"엄마가 좀 있다 알아서 갈게. 너 오늘 시험 있다면서."

"엄마아 제발 좀. 지금 시험이 문제야? 아, 시팔. 엄마, 아빠하고 이혼하면 안 돼? 아빠는 정신병자야. 나도 이제 2학년이니까. 조금만 있으면 3학년 되고. 대학 가면 다른 도시로 갈 거니까."

웅이는 지숙을 힘껏 끌어안고 흐느꼈다. 지숙은 힘없이 아들의 품에 안긴 채 쏟아지는 눈물을 어쩔 수 없다. 찬 바람이 열린 창으로 우르르 몰려 들어와서 방안을 마음대로 휘젓고 다녔다.

지숙이 잠에서 깨어났을 때 아들은 나가고 없었다. 지숙은 욕실 문을 열고 들어가 거울을 봤다. 희미하게 드러난 거울 속 여자는 눈이 빨갛고 입술은 찢어져 검붉은 피가 굳어져있다. 눈 과 볼이 부어올라 한 쪽 눈을 들여다 볼 수가 없었다.

지숙은 두 손으로 눈꺼풀을 벌려 보았다. 눈 안은 실핏줄이 터져 빨간 토끼눈이 되어 있었다. 세면대에 침을 뱉어냈다. 피가 섞인 침이 세면대에서 주르르 타고 하수구로 천천히 빨려 들어갔다.

호호호. 지숙은 미친 사람처럼 웃기 시작했다. 거울 속 여자가 따라 웃었다. 한 참 동안 웃고 난 지숙은 정신을 차리고 주변을 둘러보았다.

아들이 수건으로 지숙을 닦았던 피 묻은 수건이 대야에 담가져 있었다. 지숙은 다시 바닥에 주저앉았다. 얼마나 더 견딜 수 있을까.

남편은 일찌감치 퇴근을 했다.

안방으로 들어 와서 누워있는 지숙을 한 번 내다보고는
말없이 밖으로 나갔다. 거실에서 텔레비전 켜는 소리가 들
렸다. 남편은 잠시 후 다시 들어와 지숙의 어깨를 손으로
조심스레 잡아끌었다.

"숙아, 뭐 좀 먹었냐? 죽 좀 끓여 줘? 물 좀 갖다 줄까?
미안하다."

미친놈.

지숙은 삼일 동안 회사에 나가지 못했다. 병원에서 연락
온 간병인에게는 감기가 들었다고 둘러댔다. 지숙은 갈증이
나서 주방으로 갔다. 냉장고 앞에 다가가자 갑자기 머리속
에서 터질듯한 굉음이 울렸다. 머리를 감싸 쥐고 주방을 뛰
쳐나왔다. 옷을 갈아입고 집 근처에 있는 이비인후과를 찾
았다.

"진단서 끊어드릴까요?"

찢어진 고막을 치료하고 약을 처방하던 의사가 말했다.

"예."

지숙은 무표정하게 대답했다. 병원에 전화를 걸었다. 아
프다고. 며칠 못 나간다고 해두었다. 동서에게도 전화를 걸
었다. 대신 좀 하라고.

집으로 돌아와 주방으로 갔다. 선반에서 보리차 찌꺼기

가 들어있는 플라스틱 통을 꺼냈다. 뚜껑을 열고 가득 찬 찌꺼기 티백을 한 개씩 가위로 절단해 그릇에 쏟았다. 잘 마른 보리차 찌꺼기의 까칠까칠 한 촉감을 느끼며 믹서기 속에 한 줌씩 집어넣다가 한꺼번에 쏟아 붓고 스위치를 눌렀다.

싱크대 위에 널려있는 티백 껍질을 쓰레기통에 버리고 다시 쓰레기통을 비웠다. 미숫가루처럼 곱게 갈아진 보리차 찌꺼기 가루를 다시 투명한 병 속에 담아 놓았다.

화장대 앞에 앉아 마스크를 벗고 부어있는 얼굴을 들여다보았다. 손바닥으로 뺨을 살살 누르며 통증이 불러오는 쾌감을 느꼈다. 보리차 가루 양을 조절해야 하지 않을까.

너무 서두르면 안 된다. 내가 서서히 죽어가는 것보다 네가 서서히 죽어가는 게 빠르기를 바란다. 누가 더 오래 버틸까.

지숙은 물끄러미 거울 속의 여자를 바라보았다.

이미경

미경이, 터키에 가다

아무래도 전생에 방랑자
였나 보다. 특별한 것도 없이
길을 떠나는 거 보면 분명히
길을 찾는 도깨비가 머릿속
에 살고 있나 보다.

공항에서부터 내 컨디션
을 시험하듯 뜨거운 바람이
가슴 속까지 훅 밀려들었다. 꿈처럼 바라던 터키 여행. 형제
의 나라라느니, 오스만제국의 영광이라느니, 그런 미사여구를
동원하지 않아도 터키는 지중해와 사막을 가진 나라라는 것
만으로 나를 매일 유혹하고는 했다. 그런데 이제 현실로 내 앞
에 다가왔고 나는 비행기에서 내려 터키의 땅을 발로 밟는다.

동서양 문화의 충돌 점 터키

'아무리 난공불락의 성이라도 항상 공격자의 편이다.'

콘스탄티노플이 이스탄불로 바뀐 역사적인 전쟁을 놓고 시오노 나나미는 그렇게 말했다. 맞는 말이다. 인디언들 기우제 지내듯이 함락될 때까지 계속 두드리면 어느 때인가는 무너지게 되어있다. 이 세상에서 영원히 강할 수는 없는 거니까. 아주 작은 실수로도 무너지게 되고 만다. 유럽의 왕들이 한심하다거나, 로마 쇠락의 단면이라고 치부하기보다는 그런 면에서 이슬람의 술탄 메메드 2세의 집요함을 더 청찬할 수밖에 없다.

그러나 이스탄불의 거대한 성채를 바라보면서 내가 한 생각은 그런 것이 아니었다. 성채의 견고함이나 지중해로 향한 멋진 항구보다 더 내 눈을 끈 것은 바로 소피아성당의 뾰족한 지붕을 둥그런 이슬람식 모스크로 바꿔버린 모습이었다.

메메드 2세가 정복자로서는 대단했을 수도 있지만, 그의 조악하고 무지한 취미는 눈살을 찌푸리게 한다. 문화란 정복자들이 주도하는 게 맞기는 하다만, 그렇다고 해서 그냥 무너뜨린 것도 아니고, 마치 잘 자라고 있는 나무를 이리저리 비틀어서 미라로 만들어놓고 '분재'라고 전시하듯이 기형적으로 비틀어버린 소피아성당은 한때 지중해의 수도로서 영광을 누리던 피정복자의 슬픈 모습을 상상하게 한다.

그래서 이스탄불은 오스만 제국의 수많은 상징적인 건물들을 가지고 내 눈을 유혹해도 결국 나는 우리나라의 경복궁이 창경원이 되던 슬픈 역사를 떠올릴 수밖에 없다. 그래, 역사를 뒤로하고 사람을 만나러 가자. 나라는 망하고 흥하고 수없이 반복해도 사람은 그대로 살고 있었고, 사람들이 희망을 품고 땀 흘려서 이룬 터전은 지금까지 사람 사는 세상으로 이어져 왔을 테니까.

어디를 가던 여행 중에는 항상 시장에서 매력을 찾는다. 여행이 문화적인 충격에서 오는 기쁨을 맛보는 거라면, 그래서 설레이는 것이라면, 박물관에 들어가서 그림이나 보물들을 구경하는 것은 마치 인터넷에서 자료를 찾는 일이나 다를 바가 없어서 충족할 수가 없다. 하지만 시장통만은 그렇게 정형화된 구경거리가 아니다. 어느 멋진 풍경도 이런 시장통에서 마주치는 수많은 사람들과 그들이 파는 것, 그들이 살아가는 모습을 바라보는 것보다 더 여행자를 충족시켜주는 여행은 없을 것이다.

시장의 상점들에서 구경할 수 있는 갖가지 액세서리는 오스만제국에서부터 이어져 온 터키 사람들의 취향을 그대로 알 수 있는 것들이다. 어느 나라에서 열리든 오스만제국 전이라도 열리면 갖가지 손톱만 한 보석들이 박혀있고 금은으로 번쩍이는 단검들이나 목걸이 팔찌 등의 막무가내 취향이

시장통의 싸구려 액세서리에까지 그대로 드러나 있기 때문이다. 그런데 내가 보기에 터키에서 가장 아름다운 보석은 역시 터키석이다 다이아몬드 보다 반짝이지는 않지만 알록달록한 그 색채감은 터키인들의 감성과 어우러지는 멋진 색임을 감안할 때 더 빛나는 보석일 수도 있는 것이다 싸다고 해서 훌륭하지 못하다는 건 아니니까

이스탄불을 벗어나 이즈미에 가면 터키에서 세 번째로 큰 도시답게 대규모 항구시설을 볼 수 있다. 동쪽 끝에 흐르는 키질출루강이 멋지다. 그러거나 말거나 아시아 최고 항구니 뭐니 떠들어봐야 나하고는 상관없는 일. 나는 유적지를 향해 간다. 셀축에 있는 에페소. 고대 로마 시대의 유적지답게 영화에서 수도 없이 보았던 로마의 흔적이 물씬 나는 옛터로 이어지는 언덕을 오르면 로마스러운(?) 원형경기장이 내려다 보인다.

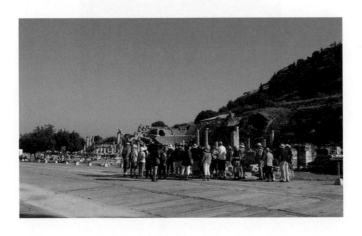

돌아가고 / 돌아가라 / 말발굽소리가 귓전을 울리고 / 창과 칼과 달리는 무사들 / 싸우라 / 싸우라 / 아이들도 여인들도 눈을 부릅뜬 채 소리를 지르고

모르겠구나. 사람이 사람답지 못하게 살던 시대라고 하다가, 문득 사람다운 건 어떤 것인지 생각한다. 도망도 안 가고 나른한 모습으로 고대도시의 흔적들 사이에 자리 잡은 고양이들이 사라져간 로마의 모습과 겹쳐지는 것은 너희나 나나, 그들이나 모두의 삶이 닮아 보여서 일 것이다.

뿌리가 나온 푸른 잎새가 삐죽이 나온 돌담을 따라 올라
가다 보니 웅장하고 멋진 건축물이 보이는데, 바로 원형극장
이다. 중앙에서 노래를 부르면 뒤끝까지 들리는 과학적이고
예술적인 둥근 모양의 터. 그곳에서 가이드의 재촉에 박수갈
채를 받으며 못 이기는 척 노래 한 곡을 뽑았다. 갑자기 생각
나는 노래가 과수원길이라니 폐허가 된 로마의 잔해를 보며
고향 생각이 나는 건 아마도 그리움이 터져 나와서 인지도
모르겠다 이왕이면 로마 여인처럼 치장을 했으면 더 좋지 않
았을까 하는 생각에 미소를 지어본다

　고대 도시 히메라폴리스. '파묵'은 '목화'를 뜻하고 '깔레'
는 '성'을 뜻해서 '목화성'이라는 뜻의 '파묵깔레'에서 비춰색
온천을 즐기고 세 시간을 황량한 벌판을 달려서 버스로 이동
하니 지중해 인구 10만의 작은 휴양도시 페티에에 도착했다.

꼬불꼬불 골목을 지나 언덕을 향해 오르면 얼룩이 잔뜩 묻혀진 기둥이 있는 무덤이 보이고 그것이 기원전 4세기경 리키아 문명의 유적지 바위를 정교하게 깎아 만든 아민타스 석굴 무덤이다. 아민타스가 누구인지는 분명하지 않다고 한다. 그가 누구든 도시가 한눈에 보이는 곳에 무덤이 있는 것을 보면 그래도 위대한 인물이었을 것이라 생각되지만 낡고 낡은 기둥을 보니 인생의 허무함은 왕관 쓴 자나 쓰지 않은 자가 마지막 가는 길은 아마 같을 것이다.

고대를 본다는 것은 어쩌면 우리들의 근원을 찾는 일인지도 모른다. 하지만 지나간 세월의 흔적에서 그저 옛사람들의 명성만을 찾는 여행은 그냥 사진으로도 족하다. 어쩌면 여행자는 저 오래된 돌덩이들보다 지중해의 보석 같은 물빛과 사막의 이글거리는 태양 빛을 원하는 게 아닐까? 마치 수많은 유적지들 중에서 유독 일 달러짜리 꽃목걸이를 팔던 소녀의 눈동자와 박해를 받으면서 죽어간 기독교도들의 지하도 데란 구유에 배어있는 사연이 더 끌리는 것처럼 말이다.

아! 마지막으로 속물적으로 좋았던 기억을 솔직히 적는다면, 에어컨 없이도 시원했던 동굴호텔에서의 하룻밤! 뜨거운 여름날 시원한 맥주 맛이 이런 걸까 여행은 역시 얼마간의 먹고 마시고 노는 사치가 있어도 좋겠더라는 이야기다. 생각해보면 아무것도 모르고 간 여행지에서 심장의 두근거림은 터키의 이스탄불이라 가능하지 않았나 생각한다.

박
광
진

시편23편에 대한 단상

222

그리스도교의 성경은 일찍이 서양문화의 정신적 근간이 되어왔고 서양 문학의 뿌리로 자리 잡은 지 오래되었다. 이스라엘 민족이나 그리스도교와의 종교적인 이해관계를 떠나서 서양 문학을 이해하는데 있어서 성경이 차지하는 비중은 실로 막대하다 할 수 있다.

이러한 성경이 우리의 문학에서는 단지 종교적이라는 이유 때문에 문학에서 폄하되어 온 것이 사실이다. 시에 있어서도 마찬가지이다. 주로 일본을 통하여 서양 시의 영향을 받은 우리나라 현대 시임에도 불구하고 동일하게 소외되어 왔던 것이다.

성경은 66가지 책들을 모아서 만든 책이다. 이 중에서 욥기, 시편, 잠언, 전도서, 아가서는 시나 노래 가사들을 주 내용으로 하는 시가서詩歌書이다. 특히 시편은 이스라엘의 오랜 역사를 거쳐 온 동안 기록된 신앙 고백을 담은 150편의 시와 노래 가사를 모아놓은 시가집詩歌集이다. 이 중에서 이스라엘 2대 왕인 다윗(BC 997년경 ~ BC 966년경)이 73편의 시를 지었고 그가 상당부분을 정리했을 것으로 성경학자들은 추측하고 있다.

시편 3편에서 41편까지는 제1 다윗 시집이고 51편에서 72편은 제2 다윗 시집이다. 특히 제1 다윗 시집은 그 내용이나 서정성에서 매우 탁월하다고 할 수 있다.

다윗의 시 중에서 널리 알려지고 가장 많이 암송되고 노래로 불러지는 시는 단연코 시편 23편이다. 이 시는 서양의 장례에서 영혼을 달래는 시로 많이 사용되고 있다.

[다윗의 시]

1 여호와는 나의 목자시니 내게 부족함이 없으리로다

2 그가 나를 푸른 풀밭에 누이시며 쉴 만한 물 가로 인도하시는도다

3 내 영혼을 소생시키시고 자기 이름을 위하여 의의 길로 인도하시는도다

4 내가 사망의 음침한 골짜기로 다닐지라도 해를 두려워하지 않을 것은 주께서 나와 함께 하심이라 주의 지팡이와 막대기가 나를 안위하시나이다

5 주께서 내 원수의 목전에서 내게 상을 차려 주시고 기름을 내 머리에 부으셨으니 내 잔이 넘치나이다

6 내 평생에 선하심과 인자하심이 반드시 나를 따르리니 내가 여호와의 집에 영원히 살리로다

(개역개정판, 시편 23편)

A psalm of David.

1. The LORD is my shepherd; I shall not want.

2. He maketh me to lie down in green pastures: he leadeth me beside the still waters.

3. He restoreth my soul: he leadeth me in the paths of

righteousness for his name's sake.

4. Yea, though I walk through the valley of the shadow of death, I will fear no evil: for thou art with me; thy rod and thy staff they comfort me.

5. Thou preparest a table before me in the presence of mine enemies: thou anointest my head with oil; my cup runneth over.

6. Surely goodness and mercy shall follow me all the days of my life: and I will dwell in the house of the LORD for ever.

(King James Version, Psalm 23)

최근 우리나라 기독교에서 가장 많이 사용하는 1998년 개정된 한글성경 개역개정판과 1604년 영국의 제임스 왕의 명령에 의해 7년간의 번역 작업을 거쳐 영문으로 번역된 KJV King James Version의 시편 23편을 인용하였다. 이 KJV은 후에 발견된 성경의 사해사본이 반영되지 않기는 했지만 비교적 원어에 충실하게 번역하였다.

한글성경은 원본에서 사본으로, 사본에서 영어로, 영어에서 중국어로, 중국어에서 한글로, 초기 번역 시 한글에서 시대를 반영한 한글로 번역하는 과정을 거치면서 언어의 차이, 번역 실력의 차이, 문화적 차이 그리고 시대적 차이 등이 누적되어 왔으므로 현재의 한글성경은 원문과 상이한 부분이

많은 것이 사실이다. 현재 성경 원문은 존재하지 않으므로
원문에 가장 가까운 필사본의 히브리어 원문을 참조하여 시
의 형태를 갖추어 다시 번역하였다.

주는 나의 목자

다윗 詩 / 박광진 譯

여호와는 나의 목자
나는 부족하지 않도다
풀밭에 그분은 나를 눕게 하시고
잔잔한 물로 이끄시도다

내 혼을 소생시키시고
그분의 이름을 위하여
옳은 길로 나를 이끄시도다

죽음의 그늘 골짜기로 걸어갈지라도
해害가 두렵지 않음은
당신께서 저와 함께 계시고
당신의 막대기와 당신의 지팡이
그것들이 안심되게 하기 때문입니다

당신께서 저의 대적들 앞에서
음식상을 베풀어 주시고
머리에 기름을 부어 주시니
제 잔이 넘쳐 흐릅니다

확신컨대 생애의 모든 날에
좋아하심과 사랑하심이 따라다닐 것이니
여호와의 집에 영원히 살겠습니다

시편 23편의 히브리어 성경 원문을 번역하면서
- 원문의 의미를 최대한 살리고
- 히브리어가 동사에 주어와 시제 등이 결합되는 점을 가
능하면 살리고
- 히브리어에서 강조할 때에는 반복법反復法, 대구법對句
法을 사용하는 것을 그대로 살렸다.

개역개정판에서 1절에서 3절까지의 '그'와 '자기'는 'he'를
번역한 것이며 4절부터는 '주'는 'you'를 번역한 것이다. 여기
서 본 의미를 살리고 통일성을 기하기 위해 'he'는 '그분'으로
'you'는 '당신'으로 번역하였다.

1연 2행의 '나는 부족하지 않도다'는 'אֶחְסָר לֹא' 〔la
achsr〕을 번역한 것인데 'not I shall lack'의 뜻으로 KJV에서

227

는 'I shall not want.'로 직역하여 본뜻을 살렸으나 개역개정
판에서는 '내게 부족함이 없으리로다'로 번역하여 필요 이상
으로 부족하지 않다는 것이 강조된 느낌이다.

1연 4행의 '잔잔한 물로'는 '**מְנֻחֹות מֵי־עַל**' (ol-mi mnchut
h)를 번역한 것으로 'on-waters still'의 의미이다. KJV에서는
'beside still waters'로 비슷하게 번역하였고 개역개정판에서
는 '쉴만한 물가로'로 의역하였다.

2연 1행의 '내 혼을 소생시키시고'는 '**יְשֹׁובֵב נַפְשִׁי**' (nph
sh·i ishubb)를 번역한 것으로 'soul-of-me he-is-restoring'
의 의미로 KJV에서는 'he restored my soul.'로 직역하였다.
개역개정판에서는 'soul'을 '혼'으로 번역하지 않고 '영혼'으로
번역하였다. 원어 '**נֶפֶשׁ**' (네페쉬)는 '혼', '목숨'을 의미하므로
'영과 혼'을 말하는 '영혼'은 잘못된 번역이라 할 수 있다.

3연 5행의 '안심되게 하기'는 '**יְנַחֲמֻנִי הֵמָּה**' (eme inchm
·ni)를 번역한 것으로 'they they-are-comforting.me'의 의
미로 KJV에서는 'they comfort me'로 직역하였고 개역개정
판에서도 '나를 안위하신다'로 직역하였다.

5연 2행의 '좋아하심과 사랑하심'은 '**וָחֶסֶד טֹוב**' (tubu·c
hsd)를 번역한 것으로 'goodness and love'의 의미로 KJV에
서는 'goodness and mercy'로 '사랑'을 '자비'로 번역하였고

개역개정판에서는 '선하심과 인자하심'으로 번역하였다. 좋아
하심의 원어는 〔토브〕이다. '사랑'에 해당하는 원어는 〔헤세드〕
인데 이것은 '자비', '사랑', '은혜'이다.

　이 시는 시인이 노년에 쓴 시로 추측되어지며 신을 의지
의 대상으로 선언하는 것으로 시작하여 사후에도 영원히 신
과 함께 살겠다는 염원으로 끝난다. 2연까지는 신앙고백이고
3연부터는 염원이다. 처음부터 2연까지는 청자聽者가 독자讀
者인데 신을 3인칭 '그분'으로 지칭하여 목자牧者인 주, 그분
을 어떤 분인지 묵상하다가 스스로 독백하는 부분이다. 시인
은 스스로 양이 되고 신은 목자가 되어 신에 대한 절대적인
신뢰를 나타내고 있다. 그러다가 3연부터는 청자가 신이신 '여
호와'로 바뀌는데 고개를 들어 하늘을 보면서 2인칭 '당신'으
로 지칭하면서 신께 말한다. 신이 함께하니 죽음의 골짜기도
두렵지 않았고 오히려 적 앞에서 환대해 주심에 감격해 하고
있다. 그런 다음 마지막 연에서 신의 사랑을 확신하므로 신
과 함께 영원히 살겠다는 시인의 염원念願을 말하는 것으로
마무리하고 있다.

　이 시는 아름다운 목가풍의 회화적繪畫的 배경이 연상된
다. 히브리어는 자체가 회화적인 언어로 시각적인 행위나 상
태를 묘사하는 단어로 이루어져 있다. 그래서 히브리 시는
정교한 예술적 기교보다는 오히려 있는 그대로 표현하여 감
정을 드러내는 것이 특징이다. 이 시의 1연과 2연에서도 들판

에서 양을 치는 한 폭의 그림을 사실 그대로 보여주고 있다.

또한 히브리어는 명사에는 소유격이, 동사에는 주어, 목적어 대상, 態態 그리고 시제가 결합된다. 이를 살려서 번역하다 보면 시적 함축含蓄과 도치倒置가 자동적으로 이루어진다. 2행 1연의 '그분은 나를 눕게 하시고'는 'יַרְבִּיצֵנִי' (irbitz·ni)을 번역한 것으로 영어로 'he-is-making-recline.me'에 해당한다. 이것을 여기서는 '풀밭에 그분은 나를 눕게 하시고'로 원문 순서대로 번역하여 단순한 서술문에서 벗어나 도치가 되어 풀밭을 강조하는 의도가 더해졌다.

어린 시절에 목동이었던 시인은 목자와 양의 관계를 매우 잘 알았을 것이다. 그러한 경험을 바탕으로 이 시가 지어졌음을 쉽게 짐작할 수 있다. 고대로부터 중동지방은 유목遊牧생활을 하였다. 목자와 양과의 관계는 매우 긴밀하다. 목자는 언제나 양을 보호하기 위해 최선을 다하고 양은 목자를 보호자로 생각하고 전적으로 의지하고 따른다. 이러한 사상은 그 지역의 문화에 깊게 뿌리내려 문학에서의 상징symbol처럼 되어 있다고 볼 수 있다. 이러한 상징으로써의 '목자'의 개념으로 신을 말하여 중동지방의 독자에게 신은 목자처럼 의지할 만한 존재라는 점을 충분히 설득할 수 있었을 것이다.

히브리 언어에서는 또 한가지 특징은 강조하거나 글을 전개할 때 같은 단어나 구를 반복하는 반복법反復法이나 비슷

하거나 동일한 문구를 늘어놓는 대구법對句法을 많이 사용한다. 4연 4행의 '막대기나 지팡이'는 'וּמִשְׁעַנְתֶּךָ שִׁבְטְךָ' (s hbt·k u·mshonth·k)을 번역한 것으로 막대기든 지팡이든 목자가 늑대같이 양을 먹잇감으로 노리는 짐승들을 쫓아내기 위한 도구를 늘어놓아 절대적인 신뢰를 표현하고 있다. 사실 성경에서 지팡이는 권위의 상징으로 사용되고 있다.

예수 탄생 이전에 기록된 구약은 신이 보낸 구세주救世主, 메시아에 대한 예언이고 예수 탄생 이후 기록된 신약은 메시아의 현현顯現이라는 성경의 큰 틀 안에서 이 시를 살펴보면, 다윗은 이 시에서 뿐만이 아니라 시편 74편에서의 '주의 치시는 양'(1절), 시편 79편에서의 '주의 기르시는 양'(13절)으로 표현하여 자신을 포함하여 주를 믿는 백성을 양으로, 주를 목자로 표현하고 있다.

1 내가 진실로 진실로 너희에게 이르노니 문을 통하여 양의 우리에 들어가지 아니하고 다른 데로 넘어가는 자는 절도竊盜며 강도요

2 문으로 들어가는 이는 양의 목자라

3 문지기는 그를 위하여 문을 열고 양은 그의 음성을 듣나니 그가 자기 양의 이름을 각각 불러 인도하여 내느니라

4 자기 양을 다 내놓은 후에 앞서 가면 양들이 그의 음성을 아는 고로 따라오되

5 타인의 음성은 알지 못하는 고로 타인을 따르지 아니하

고 도리어 도망하느니라

6 예수께서 이 비유로 그들에게 말씀하셨으나 그들은 그가 하신 말씀이 무엇인지 알지 못하니라

7 그러므로 예수께서 다시 이르시되 내가 진실로 진실로 너희에게 말하노니 나는 양의 문이라

8 나보다 먼저 온 자는 다 절도요 강도니 양들이 듣지 아니하였느니라

9 내가 문이니 누구든지 나로 말미암아 들어가면 구원을 받고 또는 들어가며 나오며 꼴을 얻으리라

10 도둑이 오는 것은 도둑질하고 죽이고 멸망시키려는 것뿐이요 내가 온 것은 양으로 생명을 얻게 하고 더 풍성히 얻게 하려는 것이라

11 나는 선한 목자라 선한 목자는 양들을 위하여 목숨을 버리거니와

12 삯꾼은 목자가 아니요 양도 제 양이 아니라 이리가 오는 것을 보면 양을 버리고 달아나나니 이리가 양을 물어 가고 또 헤치느니라

13 달아나는 것은 그가 삯꾼인 까닭에 양을 돌보지 아니함이나

14 나는 선한 목자라 나는 내 양을 알고 양도 나를 아는 것이

15 아버지께서 나를 아시고 내가 아버지를 아는 것 같으니 나는 양을 위하여 목숨을 버리노라

(개역개정 요한복음 10장 1절~15절)

훗날 예수는 요한복음 10장에서 자신을 '양의 문으로 들어가는 이'(2절)로 말하였으며 '다른 데로 넘어가는 자'(1절)는 절도이고 강도라고 하였다. '선한 목자'(11절, 14절)로 말하였고 좋은 목자는 이리가 오면 목숨을 걸고 양을 지키나 나쁜 목자인 삯꾼은 이리가 오면 양을 버리고 도망간다고 하였다(10장 11절~13절). 실제로 예수는 33년에 돌보는 양인 인류의 죄를 대신 지고 십자가의 형을 당했다.

예수 탄생 900년 이전에 지어진 다윗의 시는 예언적인 시로 참 목자인 메시아를 생각하며 지었고 훗날 메시아로 온 예수는 그를 믿는 자들의 죄를 위해 십자가를 대신 지었고 그렇게 하여 죽어가는 혼을 살려 좋은 목자인 참 목자가 되어 시편 23편의 예언을 이루었다.

맺음

손승휘

소설만 쓰기를 30년이다.
그동안 책을 많이도 냈다. 처음으로 문우들
과 함께 소설 아닌 책을 엮으면서 '서로 사
랑한다는 것은 이렇게 어렵구나' 하고 새삼
느꼈다. 그래서 더 소중한 책이 되었다.

권선옥

나에게 시는 잊혀진 나를 찾아가는 길과
같다. 그 여행길에서 길 잃지 않도록 한눈
팔거나 주저앉지 않는 내가 되기를...

정재숙

나는 어렴풋한 첫 줄을 썼어. 어렴풋한, 뭔
지 모를, 순전한, 넌센스. 시가 내게로 왔다.
- 파블로 네루다 - 시와 함께 사람이 내게
왔다. 아름다운 사람이.

김민숙

허구헌 날 쓰던 장편소설보다 더 어려운 게 단편소설이었다. 단편소설보다 더 어려운 게 시였다. 내 사랑이 부디 길거리에 내어 놓은 연탄재 한 덩어리가 되지는 않기를...

이미경

글동무들을 만나서 한겨울의 가끔씩 비추는 따스한 햇살 같은 선물을 받았다. 살아가다 보면 불현듯 행운이 오나 보다. 책을 만지는 사람들이 그저 좋았을 뿐인데.

선종구

추수가 끝났다. 풍년이 들어도 서러운 나락이다. 실속은 없을지라도 언제나 제대로 된 시 가실을 해볼 것인가 농한기가 없는 농사, 버겁다. 더 부지런을 떨어야겠다. 함께 하는 벗들이 있어 그나마 나은 삼동이다.

신영란

시간의 여백도, 거리의 간격도 의미가 없었다. 공감할 수 있는 사람들과 함께했던 좋은 한 해였다.

고정희

인생이 결코 가난하지도 사막처럼 황량하지도 않았던 것은 시가 함께 했기 때문이다. ...라고 하면 진부할까. 뭐 내 인생이 특별나게 힘든 것 자체가 진부한 거겠지.

박광진

긴 세월을 프로그램의 바다에서 허우적대다가 오랜만에 날개를 펴고 날아올랐다. 둥둥 떠다니는 수많은 시어의 조각들.

서순애

어느 날 우연히 걸려 온 전화 한 통으로 인해 나는 길을 잃고 헤매이기 시작했다. 원망은 하지 않겠다. 함께 방황했으므로.

정화령

매일 대하게 되는 마음에 스며들고 섞이는 수많은 사연들. 쉽게 셔터를 눌러대지 못하고 늘 망설이고는 한다. 함부로 갖는 것 같아 미안하다.

조정업

형, 술이나 한잔 합시다. 그러려고 기웃거렸다는 거 아시잖아요.

크리스마스 선물

초판 1쇄 인쇄	2015년 11월 25일
초판 1쇄 발행	2015년 11월 30일

지은이	혜윰
사진	정화령
펴낸이	이춘원
펴낸곳	책이있는마을

기획	강영길
편집	고요섭
디자인	고요섭
마케팅	강영길
관리	정영석

주소	경기도 고양시 일산동구 장항2동 753번지 청원레이크빌 311호
전화	(031) 911-8017
팩스	(031) 911-8018
등록일	1997년 12월 26일
등록번호	제10-1532호
이메일	bookvillage1@naver.com

ISBN	978-89-5639-238-7 (03810)